既有趣又有料的另一堂阅读课

星星的眼睛

辛岁寒 / 主编

马浩 等 / 著

天地出版社 | TIANDI PRESS

图书在版编目（CIP）数据

星星的眼睛 / 辛岁寒主编；马浩等著. —成都：天地出版社, 2020.5

（"小青春"美文）

ISBN 978-7-5455-5439-7

Ⅰ.①星… Ⅱ.①辛… ②马… Ⅲ.①散文集－中国－当代②小说集－中国－当代 Ⅳ.①I217.1

中国版本图书馆CIP数据核字(2020)第000627号

"XIAO QINGCHUN" MEIWEN：XINGXING DE YANJING

"小青春"美文：星星的眼睛

出 品 人	杨　政
作　　者	马　浩　等
主　　编	辛岁寒
责任编辑	李　蕊
装帧设计	高　欣
责任印制	董建臣

出版发行	天地出版社
	（成都市槐树街2号　邮政编码：610014）
	（北京市方庄芳群园3区3号　邮政编码：100078）
网　　址	http://www.tiandiph.com
电子邮箱	tianditg@163.com
经　　销	新华文轩出版传媒股份有限公司

印　　刷	三河市宏顺兴印刷有限公司
版　　次	2020年5月第1版
印　　次	2020年5月第1次印刷
开　　本	680mm×960mm　1/16
印　　张	14
字　　数	224千字
定　　价	29.80元
书　　号	ISBN 978-7-5455-5439-7

序

——

随梦出发。

朋友在百忙之中给我寄了一本关于人生与梦想的书。书的末尾，附着一张"追梦"的明信片，上面有一行小字："可行万里路，亦可破万卷书。可做缥缈梦，亦可乘清风。"

细细品来，感慨至深。

每个人心中，也许都有过类似的梦，在异国他乡，一次次回眸，一次次缅怀。而后，便一次次启程，又一次次出发去寻求靠近它。每个人也许都曾和我一般，渴望别人世界里不同的风景也能够一一被自己走遍，在脚步与脚步的交换间，让有限的生命飘溢着浓郁的清香。然而，执着于都市喧嚣的我们，常常丈量不了自己奔跑的长度，以及停驻下来的时间。

曾几何时，我厌倦书本至极，一看到它们就想睡觉。为了不读书，也曾将自己锁在房间里，装作自己在读书，却偷偷摸摸地进行着自己天马行空的想象。那个时候，考过倒数，被老师扔过无数的卷子，被同学嘲笑……在家长的监督下，我拿起书，却只为了更快地入眠。

后来，年长了些，开始因某个故事或某种人，从而爱上某些书，于是看书的时光，如追逐逝去的流水，一发不可收拾。我才发现，儿时的自己的确是太"聪明"了。古色古香的诗书，让我了解了这个世界的墨色，它的奇异多彩、有声有色也让我渐渐悔悟当初自以为聪明的抉择。儿时的自己错过了沉静的读书时光，却选择在如今生命最疾速奔跑的年代停驻。但不可否认的是，是书改变了我即将做痴梦的一生。否则，此刻的我或许就在风云叠涌里穿梭，在奔波劳累里难受，自然也无法想到，有一天，会有这样宠辱不惊的心境，拥有随即可响的掌声，以及穿梭烟尘后，被我的文字温暖的人。

一个人该有怎么样的生命，或者该用什么去填充短暂的年华，这是生命本能的追求。也许多年以后才会发现，饮一杯清风，送与山间清冷的孤月，即使月落西斜，闲暇里，陪我们度过的仍是时间。匆匆旅途，于沉沉行囊里，久久相逢的夜雨，摇曳在酌影的碎片里，哪怕瞬间停歇，在心间的，仍是一抹最初的坚持。

人生没有几何，岁月没有轮回，生命的长度实在太有限。短暂到你措手不及，短暂到你无法重头再走。当你停驻于原地，静默于心灵的喧嚣时，时光已经渐渐远去。当你安享现在，偏执于万物的善恶时，岁月已经不再回首。

亲爱的，一万年太长，一瞬间太短，永远不要以为自己还可以等待，我们早已没有太多的时间去挥霍。现在的你，决定未来的你，如今能做的，就是确认方向，坚定地向前走。或许多年以后，再回首此时，不会因失败而倦怠，便只怕将自己灿烂的一生，终究掩埋于生活的烦琐。

所以，有梦就去追吧，有梦就即刻出发吧！

目录

3

第四章
总有一个梦想我们愿意为之奋斗

第五章

开始了，就别停下来

第六章

梦开始的地方是你的起点

第七章

梦想什么时候都不会太晚

第八章

愿你的青春不负梦想

第一章 —— 每一个梦想都有力量

它从来不会给目光短浅的人更多的道路，同时也不会给浑浑噩噩的人光明。

追梦路上的你我

作者：徐苏杭

我想起不久前约见一个学妹的故事。

在你来我往的学生腔十足的几句话后，我开始佩服起她来，她确实是才情满满、不可多得的。尽管她还有些书生气，但我确实很欣赏她引经据典时神采飞扬的样子，以及只恰到好处露一手的谦逊有礼。

但学妹却觉得当下梦想和现实的差距越来越大。本是因为热爱文学才怀着满腔的热情选择了中文专业，但现实不尽如人意。

然而，正确理解理想与现实之间的区别，说易行难。但我在表示理解的同时却也很想告诉学妹，缺乏理想的现实是没有意义的，但脱离现实的理想也是缺乏生命力的。

学妹说，她以为学了中文就能更安心地创作，写出更好的作品来。

我说："珺溪，可是你要知道，中文系是不培养作家的。" 20世纪西南联大的中文系主任罗常培老先生和原北大中文系主任杨晦老先生都曾说过这样的话。所以，我本以为有他们的佐证，学妹是很容易被说服的。

"学姐，你说的其实我都懂。可我觉得按现在这种情况，恐怕我既成不了作家，也当不成学者，你知道我们中文专业的就业率是多少吗？"

也许是 50%？不，有教授之前说过，保守估计，可能只有 40%？往事匆匆而过，我似乎从没受就业问题的羁绊而止步不前。

学妹又说："今年毕业的可能就业率连 30% 都不到，没找到工作的一些同学就去读研了。"

"但不是所有读研的都是因为找不到工作。"我提醒她。

她笑了笑，说："我知道，学姐。可我如果去读研，那一定是因为找不到工作。"

我听后心中一惊，这个我心目中长裙曳地，奉王国维的《人间词话》为经典，偶尔还能和你谈点波伏娃或者弥尔顿的浑身散发着仙气的姑娘，忽然对明天、对人生无限悲观，确实让我大跌眼镜。

毫无疑问，真正的创作不仅需要满腔的热情，还需要一定的才气。当然，也可以说是那种与生俱来的天赋与感觉。

在我们看来，生活如水，波澜不惊地向四周扩散开去，看不到尽头，也踩不稳脚下。但其实，生活中一点点的琐事依然可以找寻其源，幻化出无穷的故事来。当然，在读者眼中，就仿佛故事是它自己自然展开似的。

我反驳珺溪道，你对待文学创作和文学批评的态度，其实就像是我们生活中大多数人对待理想和现实的态度那样。但固执地把它们两者对立起来，本身也是一种偏见。

能够学习自己喜欢的事物，经历着，思索过，写下来，构成一个个翩翩起舞的精彩日子，固然好。但你要知道，现实生活里本来就是有那么多以科学名义划分的类别，你可以选择硬着头皮接受，亦可以坦然绕过它，扬长避短地走出一条属于自己的康庄大道来。

好奇心，胆气，足以拓宽我们的视野，丰富我们的世界。尤其是还处在青年时期的人，可以享受当下，未必要马上确定下来自己做什么以及不做什么。在社会中真刀真枪地拼搏，似乎做什么都非得有个理由。但从很多成功人士的经验来看，事实上常常是他们在兴趣爱好的驱使下莫名其妙地做了些什么，结果无心插柳柳成荫。

人生中即便有很多事情现在看来毫无希望，一筹莫展，但只要你始终保持一个默默奋斗的姿态，我相信车到山前必有路。奋斗不一定能收获成功，但奋斗起码可以让你离理想生活更近一步。夸父明知永远也赶不上太阳，却还是以逐日为使命，以造福天下为己任。既然如此，他这一生便没有白活。

毕竟，既然我们都知道自己不可能毫发无损地走出人生的竞技场，不如就此一搏？人生短短几十年，遵循本心，永不言弃，又能有多难呢？

无论怎样，我们的人生只有一次，所以不必思忖着怎样才是万无一失的选择，也别桎梏于现在的专业或是以后从事的对口职业。唯有这样，你才能有更广阔的天地。

别去哭，因为别人只会偷偷地笑

作者：慕新阳

上初中的时候，我们学校购置了很多体育器械，其中就包括鞍马。那时，我的个子本来就不高，瘦小瘦小的，看到鞍马就怵得慌。最要命的是，体育老师不仅要我们练跳鞍马，还要把分数记入考试成绩。

因为害怕摔跤，我总是排在队伍的最后面，看着前面的同学一个个地顺利跳过了，我越来越紧张。

轮到我跳的时候，我已经紧张得不行。我颤颤巍巍地起跑，想象着自己撞在鞍马上，或者摔倒在地被别人嘲笑的样子，常常腿一软就"如愿以偿"了。

有好几次，我偷偷地抹眼泪，被同学看到了。最后，全班同学都知道我哭了。我写的日记被不怀好意的同学看到后撕下来贴在墙上，全年级同学都知道了。

我不敢告诉任何人。其实，平时我还是挺勇敢的，但是在没征服鞍马前，所有的反抗都是徒劳的。

也许是摔得多了，泪流干了，从那以后，体育课上我再也没认怂过。

是啊，我是个子小，是掉过泪，可我最忍受不了的就是大家的嘲笑。

这一次，我要跳，跳出新高度，跳出那个闪亮的自己。摔倒怕什么，不就是疼一下，忍一忍吗？就算摔骨折了，也不要轻易掉眼泪，毕竟笑到最后的人才是胜利者。

后来，我体育考了高分，一下子又扳回了局面，再也没人提起我的过去了。

那些看笑话的人，千万不要让他们得逞。摔倒了就站起来，这世间除了自己，没人有资格去嘲笑你。

记得上大学后，有一次我跟母亲通电话。那时是正午，室友们都在寝室，有的在吃饭，有的在玩电脑。

其中，有个室友一边吃饭，一边看搞笑综艺，突然就笑出声来。正是因为这声大笑，母亲提高了音量，几乎喊了出来："是不是有人在笑你？有人笑你，你就狠狠地笑回去，千万别让对方看不起。"

那时，我第一次听说，笑还可以用"狠狠地"来形容——别人可以嘲笑我们，我们凭什么不可以反击？

虽然室友的笑不是嘲笑，我却觉得自己上了一堂生动的生活课。

母亲就是这样的性格，凡是嘲笑她的人，只要被她听到，她一定会"笑"回去，直到对方尴尬地收声；凡是等着她出糗的人，只要被她发现，她一定会"看"回去，直到对方无地自容地转过头。

也正是受了母亲的影响，我的性格里多了一股韧劲。不管自己有多么渺小，际遇有多么糟糕，我都不轻易灰心和放弃，更不会轻易掉眼泪。

晒在窗台上的鞋子被淋湿了，室友恶意调侃，我就当作没发现，该怎么穿还怎么穿；考研熬了大半年还是落榜了，同学唏嘘不断，我受之淡然，去香港旅游一圈，失意烟消云散；求职路上四处碰壁，好不容易入了职又被别人挤下去，同事议论满天，我欣然接受，还没等大家缓过神来又投身"求职大战"……

谁都不是一生下来就刀枪不入、战无不胜的，最后帮助我们战胜对手、赢得尊重的，只有那一身靠坚忍铸就的铠甲。

一个坚毅如钢的人，怎会去哭？越是不被看好的时候，就越要争气地活。

我最喜爱的电影之一《钢铁，是这样炼成的》里，厂长宋光荣常常对别人说："小时候就算是饿得眼冒金星，也不会向别人要口吃的。"

从技术革新到超负荷的订单，再到收购凤凰钢铁厂，国家宏观调控，环保整治，宋光荣一路带领着大家迎难而上，从未见他在困境里痛哭，也从未见他被现实击垮。

从一家长江之滨的民营钢铁企业，最终发展成为世界 500 强企业，这需要钢铁般的意志，也需要钢铁般的坚强。

文友雨巷曾在《内心强大的人，往往都有这几个特点》里写道，自我认识、宠辱不惊、信念坚定都是强者的必备素质，而"敢于直面打击"才是决定一个人能否绝处逢生的重中之重。

网上流行一句话："别低头，王冠会掉；别流泪，坏人会笑。"身后有等着看你笑话的人，你怎能哭？

写下你的梦想，哪怕在一张毫不起眼的纸上

作者：辛岁寒

有一年，去参加了一次文学研讨会。席间皆是本地有名的作家前辈，一桌饭下来，顿悟了许多和以前不一样的东西。坐在我身边的前辈，是一位和蔼的姐姐，她小声问我："姑娘，你的梦想就是当作家吗？"

我想了许多，我说："我的梦想是把我写在纸上的所有东西一一实现。"

姐姐觉得我这个姑娘特别有趣，临走时还不忘跟我唠嗑几句，望常联系。后来我才知道，姐姐当年也是像我这样励志要实现自己写下来的所有梦想。

我们一见如故。后来，姐姐果然在两年以内，实现了她当年可望而不可即的梦想。她辞去了她现有的安稳的工作，在刚结婚后不久，白手起家开起版权代理公司来。她有了更多的机会去接触她的梦想，她一年里出了三本书，其中一本被改编成了电视剧，面世后受到了许多观众的认可。她在她自己的路上，走得越来越远，她也鼓励我，不要放弃。

姐姐的文笔，最初是连一句话都写不清楚的。但她却反复地钻研和

琢磨，反复地修改和沉淀。她远比我要辛苦得多，但她也比我更爱虚心向人学习，不怕被骂，不怕被鄙视，这也正是她受人喜爱的地方。

姐姐总说："孤独不可怕，最怕的是轻易放弃的人。"

的确，在追求梦想的路上，孤独和坚持永远都是我们必须学习的东西。

孤独便是，在许多人还沉浸在青春的爱恋和享乐中时，你要学会一个人安静地在梦想的道路上缓慢前行。坚持便是，无论前路有多少阻碍和坎坷，无论脚下荆棘多密集，你都要毫不犹豫，忍着痛，坚定地踩下去。

后来，我有幸去做了一段时间的作文家教。

面对孩童的天真和单纯，我结合自己儿时的故事，把最后一堂课的主题偷偷地改成了：写下你的梦想，哪怕在一张毫不起眼的纸上。

我给课上的每个孩子先发了一张便利贴，让他们在这张小小的纸上写下他们的梦想。果不其然，当承载着他们儿时梦想的纸到达我手里的时候，我竟被这些千奇百怪的梦想弄笑了一整天。

这一堂课，我不知道有没有给孩子们人生的启发，但却使我的梦想从那一刻开始有了别样的意义。

大三以后，接触的人范围扩大了些，从校内到校外，我开始向那些与自己不一样的人靠近。我发现所有的优秀者有一个共同的特征，便是他们从一开始便知道自己想要什么，想要成为什么，并为之奋斗，从不停息。

他们有的从小学习乐器，现在已自己做起老师，开着培训班，养活自己；有的从小学习舞蹈，现在已进入了中央舞蹈团，成了舞蹈界的"扛把子"；有的从学表演开始，现在已进入了娱乐圈，混迹在十八线影视里。更有很多人从小热爱播音、热爱表演、热爱写作、热爱绘画、热爱金融……如今，都各自在青春的洪流里朝着自己的光明的未来奔涌而去。

生活从来不会给目光短浅的人更多的道路，同时也不会给浑浑噩噩的人光明。它筛选着那些有梦想、肯坚持的人，它把这些人越捧越高、越捧越远。于是，人们之间的差距开始越来越大。

但生活也有它的包容，它包容着那些突然有一天从生活里清醒过来的人。它知道，无论什么时候开始都不算晚，只要你准备开始。

身边许多人跟我说，他们没有梦想。我常常无缘无故地给他们一张白纸，让他们写下他们最近想要的东西，以此来鼓励他们寻找自己的梦想。

一定要有梦想，无论你的梦想是渺小还是伟大，梦想任何时候都是平等的。渺小的人有渺小的梦想，伟大的人有伟大的梦想。梦想不是靠攀比去实现的，梦想是靠行动去实现的。

写下你的梦想，哪怕是在一张毫不起眼的纸上。

将纸贴在你每天都触摸的地方，每天都能观望得到的地方，在你不经意地瞟它们时，它们便自然而然走到你的心上。

做一个有梦想的孩子，坚定不移地走下去；做一个不让父母失望的孩子，去为你辛苦劳累的父母奋斗；做一个能给周围的人带来幸福的孩子。总有一天，当你回头时，你会发现，你已与过去的自己不一样，但你与曾经仰望的人正在慢慢靠近。

一句"永远都不会太晚"送给正在失落彷徨的你。

从现在开始，从此刻开始，去寻找你人生的意义。

远

作者：张莹

一直耿耿于怀，从未离开过小城，从未到过远方。

于是常常盼着长大，盼着自食其力，盼着能有一笔钱、一把时间，去远方。

小时候，是被家长严格要求的，放了学一定要按时回家的。第一件事，不是写作业，而是要帮大人把晾晒的衣服之类收好，或者，先要烧一锅开水，等着下工回来的父母。第二件事才是掏出书本写作业。如果约个同学出去玩一会儿，是必须要经过申请的。当然，叫个同学回家来玩，也是可以的，但也有前提：玩之前先写完作业。

还有，诸如吃饭要先等长辈吃，自己才能吃；有客人来了，要打招呼，再去做自己的事情；女孩子家说话行事要安静……妈妈说，这就是咱的家规，必须这么做。

天哪，真是郁闷，看着"随心所欲"的大人们，心里愤愤地想：什么时候我才能长大？长大了，自己做主，多好！可是，遥遥无期啊，那么远！

冬天，太阳慢吞吞地露出笑脸的时候，我们已经上了一节课。冬天的旷野，显得更加辽阔，仿佛一下子就到了天边。

太阳不着急，慢悠悠的，总会不知不觉地到了山的那一边。

忽而，一场落雪，掩盖了原野上的枝枝叶叶。小麦低了头，蜷缩在温润的雪地里，暗自幸福着。衰败的草，轻轻晃动着残留的一点枯叶，却丝毫没有气馁。嘎吱，嘎吱，一行行通向校园的脚印，错落无序地写下一行行诗歌，一点点伸向远方。

掰着手指头算，什么时候，那些一摞摞的卷子就做完了？什么时候，就毕业考试了？什么时候，就长大自己做主了？

猛抬头，呀，垂柳什么时候绿意盎然了？小麦也调皮地眨了眼睛？

呼啦啦脱掉棉衣，兴奋地奔跑在松软的泥土上。

再转眼，已是麦穗泛黄，毕业在即。

春华秋实，夏种冬藏。终于慢慢长大，终于自己做主。

怀一腔自命不凡的热忱，握一把自以为是的学识，开始闯荡江湖。日子异常地忙碌起来，一个个的坎坷也随之而来，再没有了闲看落日、低嗅落花的雅兴。直到一天，尘埃落定，蓦然回首，却是妈妈的那些条条框框悄无声息地护佑着我，让我闯过一个个难关。想当初，她的严厉是在为着我的远方啊！

不由自主，会怀念那曾经盼望长大的日子，纯净，透明，恬淡。可是，却那么远了。

当初，是在眼前不珍惜。

盼着长大，长大了，又感觉不到了那种自我做主的愉悦。总是觉得没有时间幸福，没有时间享受。看别人，泡茶烹菜，弄红拈绿，如此惬意？

不冷的晚上，楼下总有几个唱戏、扭秧歌或者敲鼓的小队伍，都是自行组织的，都是上了岁数的老年人，全凭自己喜欢，全凭各自的自觉。你方唱罢我登场，没名没利，图的就是个舒服自在。看他们欢喜的样子，心里异常地踏实。

许多年以后，我才有可能这个样子吧，不急。

"收余恨，免娇嗔、且自新、改性情，休恋逝水……"忽然哪位老人的清音，不知怎的，一下子击中了我，唤起了关于少年时的那段记忆。那时，总觉得自己做主遥遥无期。如今，清丽的时光早已不在。

想来，惊心啊！

伴在身边的好友说："你看，你多幸福，有亲人在身边疼着，有工作顺利地滋润着，隔三岔五，还能来个短途旅行，真是羡慕都来不及啊！"

我看她，怎么自觉的苦楚，却原来，成了他人眼里的幸福啊！是不是，别人拥有的，我也正以自己的形式存在着呢？！

看来，远方，不远呢！未来，梦想，外面的世界，就在当下，就在眼前，就在自己手中，就在诚心诚意的耕耘付出里，丝丝入扣，温婉流转，不经意地，已是想要到的那个远方。

13

所有的星星都有一个名字

作者：时半阙

从前很喜欢星星，总觉得星星就是天空的眼睛。每当夜幕降临，它们就躲在黑夜里注视着地球的生灵。它们默默地注视着所有人的喜怒哀乐，悄悄地与世间的灾难和幸运共呼吸。如果世上有神灵，那他们一定都住在这些闪烁的星星上。

这样的星星像不像你曾经撒开脚丫子追逐的梦想？

我们总是做梦。快乐的时候，我们做快乐的梦；痛苦的时候，我们做希望的梦。小时候，我们梦想着长大后要当孕育祖国花朵的人民教师，梦想着要飞到外太空探索宇宙奥秘，梦想着潜入水底寻找深海的宝藏，甚至梦想着变成一阵风，轻轻盈盈地在一草一木、一砖一瓦上留下我们的脚印。

梦想铺开了我们成长的轨迹，成为我们仰望的那一颗又一颗的星星。

有好多人问我，我的理想是什么。

我说，我不知道。

小学时，作文课上曾有一篇叫《假如我是＿＿＿＿》的作文，要求孩子们写下对未来自己的畅想。别人都想当著名的某某某，长大后赚大钱，而我当时写下的答案是"老师"。其实，那时候哪里懂自己想要什么，只不过觉得老师距离我最近，如果能够像我的老师们那样，成为别人的星光与榜样就好了。

初中时，一次班会主题是"我想成为一名 ＿＿＿"，整个班同学轮流回答。我前面的同学回答得头头是道，有的想成为建设祖国的栋梁人才，有的想站在舞台上的灯光中，有的想要默默无闻不问东西。轮到我时，我说，我想当一名老师。其实，那时正值叛逆期，对"老师"有着莫名的抗拒。可是，隐隐中又觉得，披星戴月的背影像山一样不可动摇。

读大学的时候，开始兼职家教，轮到我给学生讲课，轮到我问他们："长大后你想成为怎样的人？"

有的孩子说，想要成为明星；有的孩子说，想要成为旅行家；有的孩子说，想要成为漫画家；有的孩子说，想要成为电竞选手；还有的孩子说，想要成为一名像你一样的老师。

像我一样的老师。

我当时站在讲台上，眼前是天真无邪的孩子们，心里头却是我多年的迷茫与徘徊。但那一刻，所有的迷雾都被"像你一样的老师"这句话给打散了。

原来，"成为一名默默无闻的人民教师"是我不断追逐的梦想啊，那颗我永远仰望的星星。我真傻，如果不是心甘情愿，我不会选择一个与师范息息相关的专业，我不会兼职家教，不会花时间考教师资格证，更不会每一年都去竞争前往西藏支教的志愿者名额，也不会毕业后就去响应西部计划、边疆计划等支教号召。原来，我的梦想早就在我年幼的时候播下了种子，经历了风霜似的迷茫，竟然长成了一棵茁壮的大树！

天上的星星挂在遥不可及的地方，我们却时常幻想要给最爱的人摘下那颗最耀眼的星星，却很少发现最亮的那颗星星其实就藏在我们小小的心房里，随着温热的血液，融入了我们的成长轨迹中。

每当感到迷茫的时候，不要慌张，或许你并不是没有方向，或许你并不是什么都不想要，只是你的星星被路途中的迷雾给藏起来了。只要你愿意稍稍停下脚步，耐心寻找那颗星星的踪迹，没准它会在某个不经意的瞬间，贴在你的心房，悄悄地告诉你："我就是你的梦想啊。"

你知道吗？

每一颗星星都有一个叫作"梦想"的名字。

做自己想做的事

作者：清心

自小，她酷爱画画。5岁时，在纸上画得不过瘾，就蹬着板凳在家里的墙上信手涂鸦。做警察的父亲很生气，要揍她。母亲却微笑着说："让她画吧，让她做自己梦想的事，做自己想做的人。这样，孩子开心，我们也快乐。"

她望着自己的作品，天真的小脸，在满墙的色彩缤纷中，顷刻开成一朵美丽的花。

在家，她不是听话的孩子。在学校，她同样不是听话的学生。读小学时，她常常逃课。一次偶然的机会，她结识了某位作家。他常带着她散步，坐在葡萄架下读书、画画。那段时光，令她非常快乐。

到了中学，逃课的习惯仍然未改。同学潜心苦读时，她却背着画夹去湖边写生，到书店阅读各种杂志，或者干脆待在家中写一些小诗。

母亲提醒几次后无效，便不再管她。父亲说，以她的聪明，每次考试都应该在前三名。母亲却说："与成绩相比，具有宽松丰富的少年时光，对孩子的成长更为重要。"一路下来，被大家认为天资聪颖的她，数学成绩却很少及格。

逃课归逃课，她还是考上了大学。开始读的是当时"炙手可热"的经济系。中途，由于实在读不下去，又转到喜爱的中文系。这次选择使她不仅可以画出妩媚俏皮的漫画，同时还能吐字如珠玑，并且写得一手清秀雅致的小楷。

大学毕业后，她去了一家报社当记者。只是，由于对新闻及采访不感兴趣，每月15篇的采访任务简直令她郁闷极了。她对总编说："别让我跑新闻了，简直是受罪。让我给文字配画吧，一幅画顶一篇稿，不行就两幅画顶一篇稿，再不行就三幅画顶一篇稿……"总编拗不过她，只好点头同意。

后来，她调到了文联，从此成为一名真正的专职作家。不用坐班的工作，使她的生活更加自由自在了。

她说："我的工作时间是以分钟计算的，每天做得最多的都是自己喜欢的事。"

曾经，《读者·原创版》请她写专栏，每月交篇千字小稿即可。但她只写了3期，就再也不愿写下去了。原因是，她受不了每个月总有编辑在固定的时间催她交稿子。她说："我喜欢有感觉的时候，多写一些，或者多画一些，然后交过去慢慢用。没有感觉的时候，我不喜欢被人催，而且催也没有用。"同时，她也告诉父母："不要对我寄予厚望，我不是一个努力工作的人，现在不是，以后也不会是。"

但，就是这个看似散淡的美丽女子，自1998年以来，至今已出版了10部漫画集。她的作品集灵秀之气和人文精神于一体，评论家称之为"简笔浮世绘"。有近百家报刊大量转载她的漫画，十多家杂志为她开设了专栏。她的作品受到全国各年龄层读者的深度喜爱，并在国内外多次获奖。

她就是漫画家钱海燕。一个自在生活，随心随性的女子。

面对个别读者对自己作品的不理解，钱海燕说："我画，只是因为我喜欢，只要我自己喜欢就可以了。如果你恰恰也喜欢，那么我替你高兴；如果你不喜欢，那是你自己的问题。我只管享受创作过程的快乐，至于以后它们在网络上流传或出版成书，都与我没什么关系了。"

钱海燕家里不安电话，自己从来没用过手机。她每天的生活很安静，是那种不被打扰的静。她经常穿一身纯棉质地的白衣白裤，再配双绣花拖鞋悠闲地出门去。她的目的地，大多是菜市场。有人调侃说，如果钱海燕不在家，她不在菜市场，就在去菜市场的路上。回来时，她还经常会拎一棵白菜或是一瓶甜面酱。

钱海燕非常喜欢动物，自己还养了一条白色的大狗。她说："当我轻轻抚摸它时，它的心率会变慢。更奇妙的是，我的心率也同样会变慢。"这种两个生命之间的信任和温暖，会使她深深感动。

清晨，她也经常走出去，闻一闻花香，听一听鸟叫。那个时刻，她感到自己的心像开满花的树，快乐得要飞起来。

钱海燕说，人生最重要的是做自己想做的事，做自己想做的人。如果在财富、爱情、智慧、自由这四种东西里让她选择三个，她选后三种。如果选两个，那么她选后两种。如果只能选一个，那么她选最后一个。

走自己的路，让西瓜去说吧

作者：凉月满天

我喜欢南瓜。

北瓜笨，疙瘩疙瘩，木头脑瓜。一逢到我笨手笨脚做笨事，我先生就会叫我："你这个北瓜！"冬瓜憨，缺心眼儿，喜欢跟人屁股后头瞎起哄，指哪儿打哪儿。如果北瓜和冬瓜这两个活宝需要一个首脑，那不用说，一定是伟大的西瓜。

西瓜阴险。本杰明·富兰克林有句名言"唯人与瓜难知"，我估计说的就是它。慈眉善目，大腹便便，一副德高望重的老太爷模样。结果却黑籽白籽不知道，红瓤白瓤不晓得，就跟某些人似的，比如王莽。这位仁兄刚开始还不是礼贤下士，貌似忠良？直到谋朝篡位，才露出他的黑心黑肺黑肝肠。

南瓜不。

南瓜不笨也不傻，却既不爱出头，也不爱当家——还是个傻。这样的瓜一般情况下都不知道怎么经营自己，比如搞些宣传，来些炒作。它最大的乐趣就是蹲坐在蔓儿上，百事不管，和蝴蝶、蜜蜂做伴，默默生长。

人的世界岂非瓜的世界？到处滚动着傻乎乎的北瓜，笨笨的冬瓜，不言不语的南瓜和一个一个的大西瓜——使巧，会耍奸，会大玩太极推手。它的路是宽的，阳光是亮的，前景是广阔的，一路走一路被夹道欢迎着。南瓜的路就不同了：细的，窄的，荒草横生的，看上去不像有路的。

两个朋友，一个占了西瓜之份，一个被我当成南瓜一般。西瓜朋友每日里和我呼朋引伴，姐姐长妹妹短，哄着我替她分忧解难。一旦我难关当前，她躲起来不敢露面，恨不能藏到天边；南瓜朋友平时相隔遥远，一年半载也见不着一面，电话也很少打，几无音信。到我父病母老，被生活压得喘不过气，原本没想起来要向她求助的，她却风尘仆仆赶到我面前，手里拿着存折，告诉我："尽管用。用多少，取多少。"

罢了，惭愧。是我这双眼睛认不清黑籽白瓤。其实南瓜它一直存在，就是因为平时不起眼，所以才不怎么招人待见。更可恨的是，我这个南瓜朋友走在大街上，连狗都汪汪叫，被我"哈！"一声吓跑。

我自己也一直梦想当一个光芒四射的大西瓜，结果事与愿违，发现自己越来越像一个不起眼的小南瓜。本来在现实世界里就孤寂荒寒，既不爱胡走乱窜，又不爱东聊西聊，既不爱加入社团，又不爱和人拉手拢肩；没想到本性延伸到网络上，照样孤寂荒寒，既不爱聊天，又不爱泡论坛，泡论坛又不爱灌水，屡次被人质疑不热爱自己的"家园"，搞得我很郁闷。

直到读到童话书《当世界年纪还小的时候》里的那段话："洋葱、萝卜和西红柿不相信世界上有南瓜这种东西。它们认为那是一种空想。

南瓜不说话，默默地生长着。"

　　我来给它改一改："北瓜、冬瓜、西瓜不相信世界上有南瓜这种东西。它们认为那是一种空想。南瓜不说话，默默地生长着。"

　　这就对了。各有各的活法。说到底，是西瓜的心机好，还是南瓜的本色好？是西瓜的尊荣好，还是南瓜的平凡好？是西瓜的华丽好，还是南瓜的纯朴好？是西瓜整天被人吹吹拍拍好，还是南瓜悄悄过自己的小日子好？各有各好。这个世界多元化，虽然西瓜永远也做不成南瓜，南瓜这辈子也变不成西瓜，可是，只要人生乐趣在，想做西瓜的，就做西瓜；想做南瓜的，就做南瓜。

　　那就这样定了：我来做个悄悄生长的大南瓜。走自己的路，让西瓜去说吧。

23

路上总会有阴影，但抬头总会有阳光

作者：冉小可

三月的时候，她拖着笨重的行李箱，站在拥挤的人潮里，排了很久的队伍。轮到她，她把手里捏出来一层薄汗的身份证递出去，言语轻轻地说着想去的目的地。窗口里的人手指快速地在电脑键盘上敲击，然后冰冷又有礼貌地告诉她没票了。

一瞬间，她好像被淹没在人群里，看不到自己脸上的表情。被从柜台旁边推出来的时候，她用最后的余额，买了一张大巴卧铺的车票。

车票上显示还有三个小时，才到发车时间，她像迫切地想要离开这个城市似的，辞别了那个送她进站的姑娘，一个人坐在候车室的长椅上，怔怔出神。

旁边的人换了又换，后来那个姑娘坐过来的时候，用口音很重的普通话和她交流。她亦是忐忑不安，脑海里各种情形交替出现。最后，她只听到那个姑娘说："不管做什么，尽力就好了。你很棒，我还从来没有一个人去过那么远的地方，加油。"

离去的身影很快消失在人群里，她想到那个一直坚持的梦想，让自己的名字变成铅字。她低着头看着自己的指尖，突然对未来充满了信心。

拥挤的车厢里，她想起过往种种，窝在小小的角落里，除了对这个世界的恐惧，还有一丝丝欣喜。她想，她要像她所有故事里的女主角那样，宠辱不惊，乘风破浪。

一个很是精致的老太太对她说："你准备去那个城市做什么呢？"她说："我要在那里努力。"

老太太笑了，末了，说："好好努力，以后带你父母去玩。"

她笑了，然后重重地点头，就像多年前，她自己站在村口那棵几人合抱都搂不住的杨树下说，以后非清华、北大不上！

气势磅礴，而后不堪一击。

扭过头，她的眼睛被车窗外漆黑的夜吸引着，偶尔有几丝灯火，照亮了她眸子深处的希冀。

清晨的时候，她站在完全陌生的街道上，宽阔整洁，不似她记忆中县城里凌乱拥挤的样子。大城市的空气，神清气爽。

行李箱的轮子压在晨光初现的街道上，发出沉重的声音。她走在人群中，在望不到终点的道路上，就像她的人生朝着她所有的希冀和方向笔直航行。

一晃几年。当初她自负经纶满腹，才情不凡。然而，在物欲横流的城市里，她到底还是为了五斗米折腰，行色匆匆，不知当初的梦想只为让自己的名字变成带着墨香的铅字。

公司隔壁有一家很有特色的零食铺，她后来总会在那里买乱七八糟的零食。买回去，只是囤货，她没有告诉任何人。她不喜欢那家的零食，只是喜欢它有一面梦想墙，墙上用各种颜色的纸笔写了很多梦想，有男欢女爱，也有升官发财，唯独她的梦想那么突兀。

"我想让我的名字变成铅字。"后面的署名是她惯用的字母。

几年过去了，她不曾写东西，只是还记得那个梦想。可是，梦想终归只是梦想啊。

店里的老板最后一次见她说："你好久没来了。"

"嗯。"她的目光在梦想墙上游离，像找不到了方向。

"写了很久的东西被覆盖住了，还有一些应该就是掉了吧。"老板称好了她的小鱼干，貌似随意地对她说。

"大概是吧。"然后，她看到那张画着大红心的纸张下面，一行张牙舞爪的字。

她心里的某个角落好像开了一朵花，然后漫山遍野都是，就像找到了春暖花开、香气袭人的世外桃源。

后来，她在工作之余，终于把她零零散散写的文字开始投向那些在心里默念无数遍的邮箱。

或许梦想不一定能实现，但她一直记得，在外漂泊的那些年，她在追逐梦想的道路上，迷茫过，停止过，但好在，她御梦而行。

至此，不曾抛弃那个照得她的世界熠熠生辉的梦想。

山里孩子的理想

作者：岭头落雪

春天是放飞理想的最好季节！

一节美术课上，我要孩子们张开想象的翅膀，用自己手中的笔画出他们心中的理想。

我的话刚完，就听到一片欢呼声。聪明活泼的小军有点迫不及待地要把他的理想告诉我："老师！我长大要做个航天英雄！"看他那摩拳擦掌、跃跃欲试的样子，我赞许地点了点头。他兴奋地低下头，全神贯注地画了起来。

每个孩子的理想不一样，画出来的画也就不同。这些山里孩子的理想真是五彩缤纷，令人称奇呀！你看：小圆圆画一个可爱的婴儿在摇篮里做着美梦，摇篮边一位幸福的母亲正在忘情地唱着摇篮曲，天空中一弯新月静静地泊在那儿，一幅安详甜蜜的画。真美！我俯下身轻声问："你这是？"

"老师！"女孩红了红脸，"我的理想是长大后当一位妈妈！"这话一出，同学们哄堂大笑。"别笑，同学们。圆圆当妈妈的理想是最美也是最伟大的理想……"

教室里立刻又静悄悄的，只听得画笔在沙沙作响，如春蚕吃桑叶儿。

看哪！一幢幢洋房在强强的手下建立起来了，他要像他的爸爸那样，长大后为村民建好多好多漂亮的房子。到那时，那些低矮破旧的房子全不见了，取而代之的是这像童话世界里的美丽洋房，人们快乐而幸福地生活着，前景多美呀！

"是谁把一张有个小画家正在全神贯注画家乡美景的图画拿给了我？""老师，老师！"同学们争先恐后地说，"是王小刚画的，他说他长大后要当个像老师您这样的画家！"我是画家？我晕哪！不过，就我这三脚猫的功夫，教孩子倒是绰绰有余！这点我最清楚，每当我三笔两笔在黑板上画出一幅简笔画时，总会赢得孩子们的啧啧称赞。他们生在乡下，从来没有专业的美术老师教过他们。在他们幼小的心灵里，自然把我当成心目中的画家了。

还有那可爱的飞飞，他画了一幅家乡美丽的梯田。不言而喻，他的理想是当一位未来的农民，好理想！我们的农村要靠你们这一代人来建设！

有意思的是那个小小了，当别人都把理想涂得满纸皆是时，她还苦着脸站在那儿，左瞧瞧、右看看，因为她说她不知道长大后的理想是什么。

"孩子，一张白纸来画最新最美的图画呀！"

我的话说得她似懂非懂的……

第二章 —— 梦想是生命里的光

一个人最富有的时候就是拥有梦想的时候,有了梦想才是最开心的。在梦想的照耀下,即便是白开水一样的日子也会变得像万花筒一样精彩纷呈。

窗外

作者：王奕鑫

　　窗外的云随着风的方向挤，渐渐也就散成了一盘颇吸引人的新景。兜兜转转的路上，起点早已不是当初的起点。就像你觉得云潦倒了一圈，回来还是那团可爱，实际上它却染了不知多少种颜色。

　　我在感怀每一处景色。当我发现这样一件事，可以用来抵消我所有的不安和躁动的时候，就会由心底发出一阵颤抖的艳羡：活着真是太好了。我虔诚恭顺地踱步在这条林荫道上，有路边的惊讶和前方的忧喜。

　　我总是拘谨于脆弱而渺小的感动，因为这样的生活就像初夏的罅隙里的初阳，令人动容。我总觉得这些恩惠是欠别人的。因为没有人无缘由地对自己好，所以才更珍惜这样的日子。

　　其实，对于追逐文学这一东西，我着实算不上一个奋斗的人，那些年每日写的小说被无情地嘲讽，散文更是被撕了一页又一页。

　　"你写不出好东西，放弃吧。"这样的话我从家长嘴里听过，从老师那里听过，从朋友、同学那里听过。可我还是执拗地写着，并且上百万字地练习着。每当我长时间不落笔的时候，或是三五天甚至一周不落笔，我整个人便会逐渐焦躁起来。

如果我应当为这份年限的礼物做总结，我可能并不会把这一年的坎坷崎岖当作幸运，但在这些时候，我着实得到了二十多年来充满善意的赠品。

我做了二十年的遐想。在这短短的七天，便参透了。还是那样的情绪失控，还是那样的多愁善感，还是那样的心如惊鸿。可在当下，我满怀感恩地向独居的孤独巢穴鞠躬，庆幸这些天的浑浊的自己可以得到净化。

如果可以的话，我希望我可以被救赎。于是，我真的被救赎了。我挣到了第一笔稿费，有足足五十块钱。似乎是近于炫耀地跑到家长面前，希望得到些什么赞扬。父亲的脸上好像并没有欣喜的感觉，只是闷着声，一句话也不说。

我愣了有十几秒，终是像丧气的犬一般回了屋子。在开门的刹那，父亲叫住了我，说道："写得很好，继续努力。"

我不是想靠写作得到些什么实质的东西，只是一点点认可而已。而如今我得到了家里的认可，得到了同学、朋友的认可，或者还有更多人的认可。可能这样就可以了吧。我伏在床上，压抑不住的泪水浸透了整个枕巾。

于是，我终于敢谈论"文学"二字。我依旧在前行。

阳光下夜的繁华

作者：郝泽鹏

梦是美好的，心是宽广的，可宽广的心终究难以实现梦的美好。多少人怀揣着美好的梦想，希望像流星那样划过天空放出炫目的光彩，最后却在杂草丛生的荒野中当了一辈子默默无闻的小石子。但这无法阻挡人们对梦的向往，依旧有人为了那昙花一现而穷极一生。

看到一株美丽的花，大多数人都会去欣赏那娇羞的花骨朵儿，又有谁会在意那几片积极向上的叶子？纵使那几片叶子再如何努力地展现生命的旺盛，终究只是别人的陪衬。"人不能在一棵树上吊死"这句话成了许多人堕落的借口。我为此替他们感到不值，毕竟到了最后，他们不会得到一丝一毫的怜悯或是同情。对于"读书不是唯一的出路"这一观点，我并不排斥。但不论你能否出人头地，至少得选一条对的出路，邪门歪道终是不能长久。

冰冷的现实使我断了念想，我不会像初出茅庐的学生们一样去指责教育，因为我知道指责了也不会改变什么，更不会改变我卑劣的处境。呵呵，这话使我多少有点少年老成的意味。这么多年，很普通的我遭受了不少的鄙夷，但我从未有过挫败感，我也不屑那样去做。真正的强者都是用行动去给那些不开眼的人一记响亮的耳光。

现代社会有人把除学习以外的东西贬得一文不值，一概视为旁门左道。似乎只有在学习中成长起来的人，才叫人才，而学业无成的人都不会有很大的作为，他们只是一群生活在黑夜中渴求光明的人。

我想说的是，文学是博大精深的，不是一个差等生因为学习成绩差寻找的捷径。如果有人非要这么说，那我也没有办法。可我觉得，这是对文学的亵渎，是对作家的侮辱。如果你不是那块料，又怎么会成功？否则，照有些人的那种想法，作家岂不是一抓一大把？

在阳光下，我不能反射出亮丽的光线，不能昂首阔步地笑谈人生。但我从未有过失落，我依旧相信自己，相信夜是繁华的。我有我自己的想法，又何必做别人的陪衬？这不是我吃着葡萄说葡萄酸，更不是我的叛逆，而是我对文学的一种敬重与渴望。

若阳光下的花朵是艳丽的，我愿在寂静的夜里做一盏炫目的霓虹灯；若阳光下我不能在世人的注目下发出光彩，我愿意在夜幕中的海上激起一朵巨大的浪花。我的梦想就在远方，等着有一天我踩着七彩祥云去找它。在刺眼的阳光下，我不能表里如一。会有那么一天，我能做回我自己。夜的繁华必有一天会比阳光更加炫目、出彩。阳光下夜的繁华，我很期待。

黄灿灿的麦田

作者：禾语

2009 年的夏天，格外的热。就在这个炎热的夏天，我毕业了。

机缘巧合的一次考试，我成了一名"大学生村官"，就这样就业了。

白天，我的同学们挤着公交车，奔波在大都市，穿梭于高级写字楼，谈奋斗谈人生。而我，却躲在村里的居委会，擦着斑驳的桌椅，呼吸着厚厚的尘土味，和蜘蛛网绕指柔。

夜晚，我的同学们走在城市的霓虹灯下，出入高级餐厅，喝着星巴克的咖啡。而我，却坐在田间地头，吹着晚风，闻着麦香，偶尔的狗吠，妇女们的大嗓门，才把我拉回现实。

周末，我的同学们穿梭在购物街，各大游乐场，享受着生活的律动。而我，却走在村里的小道上，走入一个又一个的贫困家庭。脱落的墙面，老旧的家具，东倒西歪的栅栏，让我看尽生活本色。

我有一间小小的办公室，是属于我一个人的。红色的油漆几乎脱落，漏出木头的花纹。这就是我古朴的、浑然天成的办公桌。四条椅子腿，用钢丝缠了一圈又一圈，好似怕我拆散它们四兄弟。

在这里，我为贫困家庭写申请，整理积灰的档案。在宣传栏上，写下病虫灾害的防治，写下季节性疾病的预防，写下各种惠农政策。可是这些，跟我这个国际贸易专业毕业的大学生，有什么关系呢？

专业所学，在这里一切作废。

这就是我梦想的毕业生活？我自嘲，不甘，也不解，唯有迷茫。

每次听到朋友们谈什么品牌，谈什么电影，谈什么流行，我越来越插不上话。她们说着大都市的繁华，而我却越听越难过。

那曾经也是我的向往。向往大都市的繁华，向往高级写字楼。梦想着穿职业装的自己，梦想着高跟鞋嗒嗒响的样子。

我变得不爱说话，习惯于把自己藏起来。听着她们口中的繁华，默默向往，静静自卑。

我看不到大都市的繁华，却能一个人享受满眼黄灿灿的麦田。风起，衣衫摆动，长发飞舞，稻香沁人心脾，整个世界都是我的。

没有觥筹交错的交际，只有质朴的一句："来我家吃饭，给你烙饼。"一个葱花饼，大如锅盖，是妇女主任的拿手活儿，我一个人可以吃两个。

恬淡的下午，我拿本书，偶尔翻上几页，看蜘蛛织网，看树叶怎么打个圈飘落。看村里的土狗撒欢，看猪圈的猪慵懒地睡觉。听着虫鸣，闻着饭香，发着我的呆，做着我的白日梦。时间悄悄溜走，我却不曾想要挽留。

有那么一瞬间，恍惚觉醒。我们总是把最好的一面呈现，让她人点赞，让她人艳羡。朋友圈里的浮华，又有多少真真假假。

没有白走的路。这一段青春岁月，看似暗淡无光，卑微如尘埃，却成为我日后一次次摔倒，迅速站起来的倚仗。

尘埃里都能开出花，还有什么地方不能存活。

生命里的光

作者：蝎子蓝采苹

　　她一个人在街上，漫无目的地走着。手握成拳，掌心里全是深深的指甲印子。

　　两小时前，她知道了考研结果。4分，就差了4分，她与××美院服装设计专业擦肩而过。

　　这个结果对她来说并不意外。

　　之前，学姐就提醒过，她最大的问题就是时间。

　　果不其然。在考试前半段，她打稿时间过长，导致后面上色时间不够。等她发现后，只能拼命赶，总算在最后一分钟时勉强完成，但却没时间再去调整细节。

　　当时，她的心一直沉到脚底，几乎是挪着步子离开。

　　母亲知道她考研失败后，只丢下一句话："梦想很丰满，现实很骨感！"

　　可是，这是她从小到大的梦想！

　　从第一次摇摇晃晃抓起母亲的裁缝剪刀开始，她就喜欢上这种感觉。

她尝试着在纸上剪，剪出自己心中一条条裙子；她尝试着把旧衣服折来叠去，改成不一样的款型。别的孩子喜欢翻看漫画、故事书，她却抱着母亲的时尚杂志爱不释手。

有一次，母亲要扔掉一条旧式长裙，她悄悄留下。先将裙子剪短，再把腰身收紧，最后在衣领、袖口上重新设计。改好后穿上走到街头，还有路人问裙子在哪里买的。

后来，凡是亲朋好友不要的衣服，她统统收下。自己在上面剪剪缝缝，有几件居然改得像模像样。

再后来，所有认识她的人都默认她很有服装设计的天赋，她自己也这么认为。

但是，现实并不让人如愿以偿。

高考时，她想报考服装设计专业，却被调剂成工业设计专业。

大二那年，她计划去国外读服装设计专业，努力了大半年，语言关已经过了，却输在作品集上。

大四时，她意外获得保研机会，而且可以选择服装设计专业。就要被录取时，却被人举报，说她的学分按规定不能用来保研，再度失败。

于是，她决定自己去考。一个人待在外地将近半年，兢兢业业地准备，谁知还是输了！

每一次她似乎都离梦想很近很近，但就差了那么一点，她与梦想之间始终是咫尺天涯。这是上天的暗示吗？她缓缓抬起头来。

风安慰似的抚弄着她的头发，头顶的树叶喧闹不已，仿佛在回应她。待她侧耳细听，却是一片静默，连先前跳入耳中的蝉鸣声都莫名消失了。

突然，手机铃声大作，是母亲。

她刚按下接听键，母亲的声音就横冲直撞出来，直刺耳膜。

母亲告诉她，舅舅公司在招人，薪资不低，工作也不累……她静静听着，难得听到母亲说完，才回应"知道了"。母亲急吼吼地说："你舅舅前几天还问起你，有空回个电话。"她"嗯嗯"应道。

或许，这正是上天的意思，不要再去执着所谓梦想。不然，为什么那么努力，换来的却是一次次的打击呢？

夜色越来越沉，像浓墨似的洒满了整个天空，连头顶刚才还隐约可见的叶子都看不清了。路边的灯光也越来越暗淡，整个世界仿佛只剩下她一人。

她加快脚步，准备回去。走到街角，一转身，眼前竟出现一家小店，耀眼的灯光直刺她的眼眸。短暂不适后，她看见一个跟她差不多大的女孩，正在店里忙碌着。

店里摆着一个超大的蛇皮口袋，鼓鼓囊囊的，大概是今天刚到的新货。女孩走过去，轻巧地从里面取出一件上衣，大概是件衬衫。女孩把它放在一旁的挂烫机上，先翻来覆去检查一番，之后开始熨烫。熨好后，女孩取下衣服，正对着自己，又歪着头细看一番，嘴边泛起了一丝笑容。随后，她转身沿着衣架走了小半圈才停下。她又举高衣服，慎重地看了又看，仿佛仪式结束般，把手中的衣服挂上衣架。她还不放心似的拨了几下，又看了两眼，才走回去，从大大的口袋里拿起另一件衣服，仪式仿佛再度举行。

站在店外的她，心里泛起一种异样的感觉，甚至希望自己是女孩手中的那件衣服，被人如此珍视、关爱和呵护。她带着几分贪婪看着那家小店，好似常年阴暗的角落蓦地被阳光照入，从未有那么一刻，心里如此通透。

蓦然间，她再次肯定，衣服一直是她生命里的光，从未变过。只有朝着光走，她的生命才能拥有真正的活力。也许，梦想实现的那一刻离现在的自己很远很远。不过，只有继续走下去，才有靠近的可能。

梦想是童年的远方

作者：慕云之

　　恰逢晴日，与母亲在海边散步时，偶遇一群青葱少年在写生，架着画板，认真地绘着洋面的船只，停泊的，穿梭的。这是岛城的特色，也是在我记忆中出现最多的画面。也许是自己从小就没有绘画天赋，我从来都很羡慕那些画者。

　　写生的青葱少年脸上洋溢着青春活力，我的眼前仿佛出现另一个少年画者，端着画笔说："你不是想当法医吗？以后我给你画一幅你在解剖尸体的画像好不好？"调侃的话还在耳边，少年的脸庞早已模糊。

　　我们有多少年没见了。

　　依稀记得童年的玩伴，长相平凡，学习成绩一般，还带着浓重的口音，他害怕同学嘲笑他的口音，以至于他除了跟我聊天时能偶成话痨，与其他同学鲜少交流。

　　这样一个沉默的少年，独爱绘画。

　　那时候，聊起长大后的梦想。我想当法医，他想当画家。他说，他要走遍大江南北，画遍千山万水。说这些话的时候，他笑靥如花，仿佛那是他内心最明媚的地方，那里有一片美妙的花海，映衬得少年的心也变得柔软无比。

梦想，是注定孤独的旅程。少年独自启航，我还在原地徘徊。

时光荏苒，白驹过隙。再见少年是在大学回岛城的船上。彼时跨海大桥尚未落成，靠着白峰到鸭蛋山码头 40 分钟一班的渡轮往来内陆。

嗅着熟悉的海风，遇到熟悉的少年，已是青涩尽去。我说好久不见，他说别来无恙。继而相视一笑，得知他成了画家，也有了自己的画室，我万分羡慕。我想说，这是迟到的祝福。他却问道："你还记得小时候的梦想吗？我已经实现了，你呢？"

对啊，我的梦想呢？你还好吗？

我讪讪笑着，没有直言的勇气。

听闻我现在从事环保行业，他的脸上略有些惋惜："环保行业挺有前景，但我一直都以为你会坚持你的梦想的……"话音未落，他忍不住扑哧一笑："好吧，我承认，即便你从小就有点女汉子性格，但要是真的成了法医，其实也怪瘆人的。"

40 分钟的船程不算太长，与久违的友人好似有聊不完的话题。童年时代的友情并没有因为彼此多年不见而变得淡而无味，反而更为亲密无间。他们说，这是因为童年的友谊更纯粹一些。

其实，童年的梦想何尝不是更为纯净一些？但在追求的路上，有几人还记得当初的梦想，还坚持着最初的信念？梦想，总是不知不觉便偏离了方向。一如我，一如我们中的谁。

记忆里的少年在自己的道路上越走越远，成了画师，成了导师，实现了自己的梦想，帮其他孩子实现他们的梦想。羡慕，是真心的。

思绪被青葱少年的笑声打断，阳光下舒适温暖。远方的朋友，唯愿安好，带着你的梦想，带着我的盼望。

深山里的苏老师

作者：黛帕

我刚工作那一年，有一天下队，到了梦溪镇以山高而著称的金银山。

山路并不好走，开车 20 分钟后，才得以见到人家。村落也是零零散散的，像是冬夜的星星，稀疏地散落在夜空中。

路弯且陡。又走了 10 分钟，我出现了晕车的迹象，头闷想吐。又过了 10 分钟，我们到了目的地——隐藏在深山中的村小学。

到时正当中午，蓦然铃声响起，5 个孩子像小麻雀一样，从教室里飞了出来。

见到我们，一小男孩大呼："老师，老师，有人来了，有人来了……"一小女孩则走到我面前，问："姐姐，你找谁？"我看向带着我来的前辈阿姨，她说："找苏老师。"正在这时，苏老师从矮小的木头做的教室里出来了。

我这时才知道此行的目的：看望一个坚守深山多年的乡村老教师——苏大，他已经 62 岁了，已经过了退休的年龄，但是依然坚持在第一线。

乡村学校改革已三四年，村里的学生都转移到镇上去读书，我以为乡村已经没有小学了。即使有，小学的条件应该也是很好的。但是没想到，苏大所在的小学，房子是木头的，没有相应的取暖设备。冬天，因为是在高山中，寒风呼啸，冻得手指都僵了。他上课的时候，写一个字，就要呼几口气，搓热了再继续写。

这都不是最困难的，困难的是人手不够。他一个人承包了整个学校的所有事务，他是校长，教务主任，语文、数学、英语、美术、体育老师，还是厨师，洗碗工。

他每天在天不亮的时候就起床，到学校旁边的菜地上，把白菜、萝卜和他种的各种应季蔬菜摘下来，洗好切好，然后把饭煮上。等学生们来了，就开始上课。到中午的时候，再去把菜炒好。5个学生跟他一起，在用课桌拼成的餐桌上吃午饭。

乡村小学是没有午休的，吃完饭之后继续上课。将一天的课程上完，大概是下午4点，学生们就可以回家了。

学生们回家后，就剩下苏老师一个人在学校。他开始打扫学校的卫生，收拾菜园子。天快黑的时候，他开始煮自己吃的饭。一般下午只有他一个人的时候，他会煮面，因为煮面最方便。

10月初，他就会检查食物存量。如果没有米的话，他就骑着他老旧的摩托车，下山去，到镇上去把米买回来。

夏天还好，冬天的话，金银山的路就会结冰，上山下山只能靠走，还得鞋上绑草条，增加摩擦力，才得以行走。所以，在10月份的时候，他就要开始囤积冬天的粮食。

但他只有一辆摩托车，很难一次就拉完。所以，在10月，金银山的农户经常在马路上看到苏老师的身影。

冬天会经常停电。停电的时候，他会用蜡烛照明，修改试卷、作业、备课。我已经不记得我有多久没用过蜡烛了，但是在他这里，蜡烛是必备的照明工具。

初入社会的我并不懂，为什么他一个人要坚持在这里？我也将这个问题问了出来，他说："这几个学生都是失去父母的孤儿，跟着爷爷奶奶在一起住。爷爷奶奶年岁渐高，根本没有精力再去管他们。镇上的小学对低年级不提供住宿服务，只能自己租房子。但是，爷爷奶奶没有钱去租房子。如果村里没有小学，这5个学生只能选择辍学。每个孩子都应该享有读书的权利，因为穷，他们更需要学习知识，用知识去改变自己的境况。现在他们还小，我帮助他们，将来他们读初中了就可以住校。国家跟学校也会有相应的补助，那么我就放心了。我如果能够教出一个学生，改变一个学生的命运，增加一个学生的知识，那也是好的。"

看望苏老师回来，此后的很长一段时间，我都久久不能平静。这浮躁的年代，已经鲜有人能够默默无闻地做一件事了。

孩子们长大成才之前，他已经改变了他们对这个世界的认知。所以，他的梦想——能改变一个人的命运，也算是好的。他还改变了一个浮躁、不安定、没有吃苦精神的我。

初出茅庐的我，看到了苏大的无私奉献后，我在努力地考教师资格证。希望有一天，我也能成为一个默默无闻，但是能够改变一些人的人，用我新鲜的血液换下苏大那一辈老的教师，让这种精神永远传承。

我的梦想落在纸上

作者：解红

　　一个人最富有的时候就是拥有梦想的时候，有了梦想才是最开心的。在梦想的照耀下，即便是白开水一样的日子也会变得像只万花筒一样精彩纷呈。我一直欣赏美国的作家塔莎奶奶，一直憧憬那片佛蒙特乡间充满艺术气息的生活。她在那里绘画、写作，与山羊、园艺为伴，一切都是为了追逐那一腔梦想，直至终老。

　　我也喜欢绘画、写作。我也有着和名人相同的梦想，名人之所以成功，那是出自于对梦想的坚守。

　　几天前，我的新残疾证批下来了，局里通知我前去领取。当我走进政府新大院时，真有点像刘姥姥进入大观园似的感受。我一连参观了好几个办公室，最让我感动的是，竟然在一个科长办公桌玻璃台板下发现我早年的几幅素描画，真的令我兴奋不已。想起来，那还是我刚参加工作时利用闲暇之余所作的画，结果被科长索去，一直爱不释手地保留着。

　　看着这些在指法上还略显稚嫩的东西，竟然还有人宝贝似的收藏着，不禁使我想起我的童年和我的那些画儿……

我的童年生活是丰富多彩的。记得上学那会儿，别的同学都在外边上活动课。身患残疾的我也不甘寂寞，一时间疯狂地爱上了绘画，最喜欢仕女画，几乎所有的业余时间耗在了这上面。有时候心血来潮，甚至在课堂上也临摹几笔，幸好我机智，没有被老师发现，也没有耽误学习，功课还算可以。课余时间，我用爸妈给的伙食费买来许多临摹画册，用铅笔临摹了很多自以为最美丽的仕女，或立或卧，或正或侧，无一不是微蹙双眉，乌云坠面。那时，心中就认定了，美人儿都是要红袖添香、衣袂飘飘的。那些画儿曾经被外婆视为珍品，在枕头下压了许多。说来，她该算是我那时唯一的知音了。

　　如今，我一边保留着那些还很不成熟的画，一边守好我的小店。我喜欢绘画，我想一直画下去。

　　最让我喜出望外的事情，是我邂逅了一位国画大师。说起来，我与他很是有缘。记得那天，一位中年男士来小店买东西。他看到我在柜台前低头作画，便很和善地对我说："呵，有功底，好好练。"他很健谈，也很随和，随手接过我的笔，在铺开的宣纸上落下了点睛之笔。我不禁啧啧称赞，太棒了！他给我一张名片，并笑着说："以后有时间去我画室，多看，多练，一定会比我棒。"原来，他是徐州市书画院院长。好多人都羡慕我遇到了一位大名鼎鼎的画家。

　　每当我拿起画笔，那一幅幅美丽的画面落入宣纸上，那种喜悦心情不言而喻，所有的伤痛都被抛到九霄云外。

梦想的笔触

作者：墨彦竹

　　小时候，我的心里就承载着无数个梦想，想当个画家，拿着画笔绘出蓝天白云、高山流水的景色，感受大自然的美妙；想当个舞蹈老师，带领一群可爱的小朋友蹦蹦跳跳，看着他们脸上洋溢着天真无邪的笑容，仿佛是这世上最美的风景；想当个作家，书写着属于自己的小故事，在犹如蜡烛般的璀璨人生中留下自己的印记，当生命燃烧至尽头，依旧能存留着我所走过的足迹。但这些梦想犹如一个个五彩斑斓的泡泡，那种绚烂的希望宛如天边划过的一颗耀眼的流星，又好似绚丽夺目的烟花爆竹，仅仅昙花一现便烟消云散，在人生的道路上，不曾留下丁点痕迹。

　　自从步入社会后，几度的转岗工作，几度的辗转波折，最终在无数个寂静孤独的深夜，唯有桌角的那盏台灯，亮着昏黄的光，将我的孤影拉得颀长，手边的书本和那支钢笔陪伴着我度过了无数个寂寥的深夜，令我突然间萌生出写作的念头。

　　望着窗外淅淅沥沥的雨幕，坐在青苔滋生的木窗下，手边放着一杯热气腾腾的茶，那柔和的灯光倒映着我那张经岁月磨砺后的坚毅脸庞，我打开了电子文档。

以前经常在文档上起草工作方案，第一次想写点属于自己梦想中的故事，而书中的女主角便是自己，过着那无忧无虑、怡然自得的生活，将那现实生活中遥不可及、可望而不可即的日子描绘得淋漓尽致，将这份希望化作动力，鼓舞着自己不断地奋进，只有努力前行，才能离梦想越来越近。

平日里除了工作，我习惯于到哪里都会随身带着本子和笔。看见的新鲜事物，遇到的感人事迹，听到的至理名言，悟出的人生真谛，甚至是偶尔抒发情怀的随笔日记，都会一笔一画地记在本子上，从而养成了良好的书写习惯。经过岁月的消磨，磨去了年少时那锐利的棱角，磨去了那风风火火的性子，磨去了那些宏伟的规划设想，唯一不变的是沉淀下来，坚持不懈地写作。

其实这些年来，我也经历过屡次的投稿失败、四处碰壁、意志受挫的情况。但我始终未抱怨过，而是更加发愤图强，并且陆陆续续发表过许多文章。其中，既有传统文学，也有网络文学。但是，我从来不觉得自己因为发表了一些作品，就变成了一个作家。

相反，我觉得写作只是个人的兴趣爱好，因为喜欢而演变成一份快乐。我想将这份快乐传递给每一位读者，能像一位知心大姐姐那样去聆听每位读者的喜怒哀乐，这就是我的梦想。

在我心中，梦想能时时刻刻督促自己努力前行，永不退缩，更不会原地踏步，不去过着那所谓的岁月静好的日子，因为所谓的岁月静好，不过是父母代替你而负重前行罢了。

我现在的梦想就是用笔下的文字，去书写人生的篇章，向人们传递生活中积极向上的正能量，以细腻的笔触去感受这世间所有的美好，将这份美好无限延续下去。

以梦为马走四方

作者：艾夫木

三年前，在顺利考进市重点初中后，在至交的怂恿下，独自拿着爹妈奖励的 500 元现金跑到了重庆，只为一尝传说中的美味——火锅。

三年后，高考失利，我揣着 300 元再次来到重庆。

依旧是那熟悉的街道，可惜心情完全不一样了。很快，300 元用完了。为了不再回到那个天天唠叨没完的家，我决定就在重庆打工，还是在我最喜欢的火锅店里打工，做一名远离高考、远离朋友的服务员。每个月 1500 元，工资不高，但包吃包住。

在重庆一个月，其间妈妈打了 3 个电话过来。

第一个问我在哪里，想干什么。我说，要出去静静。

第二个问我什么时候回去。我说，不急。

第三个问我到底想做什么，在哪里。我默默地挂了电话，慢慢一字一句地敲信息过去："至少在我没有想明白，苦读这些年是为了什么之前，不会回来，我很好。"

还收到好友信息询问，这次离家出走是不是玩得太过火？

我没理她。

她不会明白一向成绩好于她的人，在高考的时候却败得一塌糊涂的那种心情，甚至当她邀请我一起和她出去旅游散心时，我都毫不犹豫地拒绝了。

年少的我们，总是过于敏感，把自己当作刺猬，抱作一团，最后伤人伤己，可惜那时的我并不明白这个道理。

认识 K 是因为他几乎每周四要到固定的位置，点一个固定的鸳鸯锅，然后默默地坐一下午，不吃不动。

有一天，我忍不住好奇，问了句："您每周四这样做到底是为什么呢？"

他饱含沧桑的眼神掠过我，不作声。于是，我识趣地走开，只是不知道为什么他的背影瞬间变得孤独落寞。

他坐在那里，看着店里的客人一波一波地来来去去，像一场无声电影。

"你说，这么多行色匆匆的人，他们各自的梦想是什么呢？"

他突兀的声音传来时，我正在打扫旁边一桌的卫生。我有些惊讶，随即摇摇头。这个问题太过于"高端"，我还是不回答的好。

晚上，我一边回味他的问题，一边想着自己的梦想到底是什么。考出一个好的分数，念一所知名大学，再有一份好的工作？

山城的夜晚，窗外的霓虹灯闪烁不停，甚是美丽。只是我辗转反侧，始终对自己的未来感到迷茫。

再到周四的时候，K 还是老规矩。我想，K 是不是情场失意，壮志未酬，然后独自跑到山城来消遣？

于是，我多少生出些同病相怜之感。

我有意无意地在他面前晃悠，终于忍不住问："你是不是有什么事儿干得特别失败？"

K 突然就笑了，然后说了一句："狗想着每天吃太少，猪却想着每天吃太多，快胖死了。"

我莫名其妙。

我向老员工打听这个人，还问他过得是不是特别不好。同事就着一脸的笑意说："他是 ×× 酒店的老板。"

我瞬间无语，他都那么有钱了，还整天在这边来装深沉？还问别人的梦想是什么？这不搞笑嘛。

于是，那晚我又失眠了。翻来覆去地想着那句牛头不对马嘴的话，在天蒙蒙亮、我半梦半醒时反而品出来点味道——人各有志，每个人都有追逐梦想的机会。梦想就像一本书，一千个读者有一千个哈姆雷特。

顿悟之后，我直接进入深睡眠模式。是的，连班都不去上了，因为我决定，从哪里跌倒就从哪里爬起来，决不能一味逃避。

一觉醒来，已是下午 3 点。我靠着窗，晒着暖暖的阳光，给爹妈打电话，说我准备回去复读。我听着老妈在那边骂："你这死丫头，疯够了？还知道回来。"不仔细点听，还真听不出来那一丝丝的哭音。

给至交发信息："上次你说的那个旅行还算数吗，包吃包住包路费？"然后，收到了她秒回的一个字："算。"

于是，我收起手机，带着笑意开始收拾东西。

谢谢这座城，在我最苦寂的时候，用了那么一大锅红红的汤汁，再次点燃内心的激情，让我以梦为马走四方。

第三章 —— 为了梦想拼尽全力又何妨

千帆过后，蓦然回首，世上的路千条万条，而唯独那条铁路，于我，呈现着另一种光芒，那就是远方、未来和希望。

路

作者：张莹

家乡那条小小的铁路，悄然间已是繁华褪却，在时光里日渐斑驳起来。但它却常常出现在记忆里，伴着那一段泥泞的青春岁月，生动，鲜活，亮丽。

20 世纪 80 年代的时候，能有铁路从小村边通过，还能听到火车轰隆隆的声音，简直就像神话。但火车只在清晨或傍晚通过一次，所以，见到它，便分外地珍贵起来。那是秋日一个极清冽的清晨，天，蒙蒙亮。班主任老师早早地来到学校，等着我们这些早起的小小人。我们约定：去看火车。

一行人浩浩荡荡地出发了。小村静悄悄的，偶尔有早起的人，轻咳一声，生怕惊扰了小村的宁静似的。出了小村，是一片要成熟的庄稼，一股新鲜的味道，扑鼻而来。那些高粱啊，玉米啊，都可着劲地绿，映着点点的露珠，煞是晶莹。

无心看它们，急匆匆地奔走着，奔向那条蜿蜒着伸向远方的铁路！

露水很快将鞋打湿了，沾上泥土，开始微微发沉。即便如此，谁也不会因此而放慢脚步，都怕掉了队。

站在路基下，我们显得如此矮小。两条铁轨，在微微的晨雾里安静着，像谁家女儿两条漆黑的发辫，光洁，青春，恬淡。我们的脖子一次次伸向火车要来的方向——太阳升起的地方。不知道是第几次踮起脚，也不知道太阳什么时候露出了笑脸，终于听到了隐隐约约的轰鸣。

火车来了！我们欢呼着。黑色的火车，一节一节的，吐着粗气，冒出团团白烟，神气地从我们身边疾驰而过。我们屏住呼吸，庄重地看着它奔向远方。火车不管不顾，眨眼就没了踪迹。我们一动不动，没有人说话，直看着火车消失的远方。

一个清晨的早起、奔走、等待，只为这几分钟。

长舒一口气，我们开始七嘴八舌地议论：火车会驶向哪里，火车上有怎样的人，它为啥跑得那么快……

老师乐呵呵地看我们叽叽喳喳，说："这不过是货车呢，运送东西的。那载人的火车，在远方的城市里呢……"

路，在远方。从此，小小的心里，有了一条清晰的路，那就是要去远方。每天走在小村的路上，享受着火车的轰鸣，周身充满了力量。转眼，就要离开小村，去镇里的中学，去走另一条路。

通往中学的几里路，全是坑坑洼洼的土路。天晴的时候，骑着自行车，一上一下地颠着，说笑着，美着呢。可是，雨天和雪天就是考验我们的时候了。不能骑车了，只能用脚步一点点地量。

清楚地记得，那年冬天的夜晚，忽然一惊，睁眼看到屋外雪亮，惊呼："啊，迟到了！"妈妈呵呵笑了："哪里，是雪呢！"赶紧趴在窗台上看，真的是呢。白白的雪，铺得厚厚的，天地间一片雪白。

虽然才是凌晨，却再无睡意，瞪着眼睛。等到 5 点，起床，做饭，吃饭，上路。开始自然是兴奋的，跑着，跳着，攥几个雪球，打几个旋。可是，时间一长，鞋子便湿透了，踩到雪上，又冷又沉。更可怕的是，到了学校里，来时的一身汗水变成了浸人的凉，那个滋味啊！

这样的天气，这样的路，总是不期而至。渐渐地，有人灰了心、丧了气，悄悄打起了退堂鼓，辍了学，打工去了。他们选择了他们的路。

我自是咬着牙，执拗地坚持着。

雪后的铁路是不能走的，滑得厉害。但雨后的铁路，却是异常地美。

放了学，绕远，去走铁路，在铁轨间的枕木上，一跳一跳的，像踩在琴键上，心情摇荡，仿佛世外桃源的人，清丽丽的。可是，总是要到小村头的，也总是有查路的人来，招呼着，让我们赶快远离，安全第一呢。

即使没有人，远远的一声火车长鸣，也让人匆匆落荒而逃，只得远远地望着那火车，轰隆隆远去，呆愣愣的。我知道，这不属于我。

火车远去的方向，正好是夕阳漫天。铁轨和火车仿佛穿了彩色纱衣，镶着金边，飘飘远去，多美的仙女啊！远方啊，远方，那远方，有多远？我是否能到？悻悻地低头回家，咬咬嘴唇。我知道，唯有努力读书。 *55*

风里来，雨里去；晴天汗，阴天冷。日复一日，年又一年，终于坐上了火车，去远方读书。

路，到底在脚下活色生香了起来。

走过各种大路小路，水泥路，硬板路，卵石路……隐隐约约听到旧日同窗的消息，有的循规蹈矩数着光阴；有的披荆斩棘闯出了自己的一番天地；有的纤手破新橙倒也惬意；有的竟沦落天涯……

这些路啊！

千帆过后，蓦然回首，世上的路千条万条，而唯独那条铁路，于我，呈现着另一种光芒，那就是远方、未来和希望。

亲爱的，无论此刻你在哪里，总会面对着一条条的路、一个个的岔道，如花般令你缭乱。但无论怎样，你都要认真选择属于你的那一个，然后珍惜、呵护。自此，必定会绚烂成你想要的那种生活。

宠爱自己的特长

作者：沈青黎

随着时代的变迁，做饭已经不再是女性必备的生存技能，不少现代女性都会理直气壮地表示自己不会做饭。但也有自小就喜爱厨艺，甚至把厨艺当特长的女子。比如，凤凰卫视的美女主播沈星。

沈星自小就对做饭特别感兴趣，七八岁的时候就常常待在厨房里看妈妈做饭。对沈星而言，做饭真的是一件特别有趣的事。在妈妈的一双巧手的加工下，那些紫油油的茄子、碧绿的豆角不多时就变成了盘中的美食，简直像变魔术一样！这让沈星十分着迷。

再大一点的时候，沈星就开始自己动手做菜。她一放学就钻到厨房里，抱着菜谱仔细研究，还不时自创几道新菜。没多久，小沈星就将厨艺练得炉火纯青，成了妈妈的得力帮手。

看到沈星醉心厨艺，沈妈妈喜忧参半。喜的是女儿颇有贤妻良母的潜质，以后自然有能力照顾好家人的胃。忧的是在竞争激烈的现代社会，做饭早已不是女性的必备技能。沈妈妈不希望女儿做厨师，所以常常旁敲侧击地劝她学些别的东西，培养一些文艺特长。"将来你和朋友们在一起，大家各有各的特长，有的会唱歌，有的会弹琴，而你却没有特长，只会做饭，会不会感觉自己特别没面子？"沈妈妈有一次这样劝女儿。没想到沈星却不以为然，她反驳妈妈说："做饭就是我的特长啊。到时候，我做一大桌美食给朋友们吃，他们肯定特别开心。"

沈星大学毕业后，顺利进入北京电视台，成为一名主持人。因为从事的是文艺工作，沈星的许多同事都能歌善舞，多才多艺。但沈星一唱歌就跑调，跳舞也跟不上节拍，还不会开车，不会玩电脑，唯一钟情的就是厨艺。她常常邀请同事们到家中吃饭，最开心的事就是看着大家把自己做的菜全部吃光。对于自己的爱好，沈星也特别舍得投资。她的公寓里没有专门的衣帽间，却有一个大型的开放式厨房，里面放着许多名贵的厨具。她会为了煮一道菜特地购买与之配套的全部厨具，甚至专门从日本买回了一把昂贵的特级陶瓷刀。每到一个国家出差，她闲暇时间里要做的第一件事就是逛菜市场……

后来，沈星跳槽到了凤凰卫视，与吴小莉、陈鲁豫等王牌主播做了同事。凭借美食攻略，她很快和大家打成一片。面对优秀的同事们，沈星有时也会感到自卑。但她有自己克服自卑的方式，那就是找到自己的优势并凸显它。经过认真思考，她发现自己最擅长的技能就是厨艺。于是，她决定精心宠爱这项技能。

经过反复练习，沈星学会了600多道不重样的菜品的做法。同电视台进行沟通之后，凤凰卫视为她量身打造了一档名为《美女私房菜》的节目。沈星在节目中变身美厨娘，手把手地教观众们如何煮出有创意的美食。这档美食节目一播出就受到了人们的好评，沈星很快成为凤凰卫视的当家花旦，受到了业内的一致好评。

就这样，凭借出色的厨艺，沈星顺利开拓了自己的事业。现在，她常常告诉朋友，一定要宠爱自己的长处，因为你越宠爱它，就越容易变得自信和快乐。

终有一天，她活成了想要的模样

作者：柳今

　　小隐是新生代作家，中原女子。四年前，因为朋友的一句话，一张水乡的明信片，她毅然辞职，从郑州南下，来到梦中的江南。江南，多么美好的词。读着它，仿佛唇齿都留着桂花香，仿佛来到这里，自己也变得像水一样温柔。鳜鱼肥，稻花香，烟柳画桥，寒山寺钟声袅袅……她一下子迷上了这里。也许，她的前世就在这里生活过吧，所以今生才会来此寻觅。

　　她找了一份工作，在一家公司做文案，业余时间写作，弹古筝，侍弄花草，周末去园林拍拍照片，日子平静而有趣。得知她坚持写作，同事打趣说："那么努力写作有用吗？生活，还是接地气点好，每天做作家梦，现实吗？"她微笑，不语，不解释，不否认。因为，生活，自有它精彩的安排，一切随缘，她不强求。

　　她曾说，她是小燕子和紫薇性格的综合。独处时，她很安静，一个人也能耐得住寂寞；群居时，她亦能和别人打成一片，大大咧咧，嘻嘻哈哈。说完，她笑了，眼睛微微眯起来，像一条小鱼，眼尾充满迷人的风情。

来到苏州不久，她就交了几个知心朋友。那时，她经常去园林演出，表演古筝，也去看别人表演，一边看，一边听曲、喝茶，她像一个好奇的来客，打探着苏州的一切。坐公交车时，望着窗外的花海，她会痴迷；看着古木参天，她会迷恋。散步时，走在古老的巷子，她能感受到时光的深情。她的书里，记载了江南生活的日常，一切小确幸。这些小美好，写都写不完，她要用余生的时光，去发现，去珍藏。

渐渐地，她不再自卑了。日积月累的努力，终于开花结果，她的书被资深出版人看中，公费出版。全国发行两个月，销量超过一万册。一个新人，有此成绩已经很不错了。她坐在窗前，捧着新书，看着电脑上敲打的文字变成铅字。此刻，这些字仿佛纸上盛开的花朵，令她无比雀跃。多少年的坚持，多少次别人都劝说放弃，她仍然保持初心。

文字，你得很爱它，它才能很爱你啊！

想起年幼时跟在母亲后的那个小尾巴，她是那么瘦小、软弱。学习成绩不好，没有考上高中，去读了中专。在学校里，大部分人都散漫、迷茫。她也一样，对未来没有信心。

她的专业是绘画，学了以后发现，自己还挺喜欢画画。习画时，她很安静，心不再生出杂念。此刻，世界是寂静的，她遗世独立，屏住呼吸，静静感受艺术之美。

后来，老师也惊奇地发现，这位同学文化课虽然不好，但挺有艺术天分。

后来，她得遇机缘，考上郑州一所大学。她大部分同学，中专毕业后就直接工作，极少有人继续读书。她很感激母亲的坚持、恩师的不弃，因为有他们，她才能在大学里发现更多的精彩。

她时常怀念那时的时光，还有故乡的小院，时常想起爱唱戏的父亲、爱听豫剧的母亲。他们给了她爱的滋养、艺术的熏陶，在她迷茫时，有远见的父母继续为她找学校读书。也许那时，命运就注定了她今后要走艺术的道路吧。

有人说，永远不要放弃学习差的学生，他们只是不会考试，却不一定不会经营一生。的确如此，那个自卑的小女孩如今活成了自己喜欢的样子，真好。我们每个人都有迷茫的时候，如果找不到方向，就坚持自己所爱，终有一天会让自己闪闪发光。

轮椅上的舞者

作者：周海亮

她是舞台上骄傲的舞者。她有两条修长并且美丽的腿。聚光灯随着她轻盈柔美的身形左右摇曳，她扮成美丽纯洁的白天鹅，在舞台上滑出一条美轮美奂的弧线。掌声响起来了，她站在舞台上给观众们还礼。她是那么年轻，她的脸像一朵绽放的荷花，她身姿挺拔，亭亭玉立。

她有着那样美妙的舞姿，那样灿烂的前程。一切都是那般美好，阳光普照。谁都没有料到，一场车祸突然闯进她的生活，让她的后半生只能够坐在轮椅上。

那场灾难没有任何征兆。她穿着修长的牛仔裤，她的衣襟打出一个漂亮的结。她走在马路上，轻哼着歌。车子冲过来时，她还在愉快地回味昨天的演出。她看到司机惊恐的脸，她看到汽车轮胎与地面摩擦出淡红色的粉尘。她听到骨头被撞断的声音，她看到自己的身体高高地飘起来。她滑向地面，身体砸中路边的护栏。那一刻，她的脑子里一片空白。可是，她明明听到自己发出高亢恐怖的尖叫：我的腿！

醒来已是第二天中午，阳光懒懒地照着，世界一如从前。她的思维一点一点回到可怕的昨天，她发现自己的两条腿已经被锯掉，那里缠着丑陋的纱布和绷带。她愣怔片刻，以头撞墙，号啕大哭。她说："为什么不让我死去？为什么不让我死去？"护士守在她的床前，轻轻抹着眼泪。她说："没有了腿，我活着还有什么意思？"一连几天，她不再说上一句话。她沉沉地睡着，醒来，瞅着天花板，眼泪吧嗒吧嗒往下掉。她试图擦干它们，却总也擦不干净。

半年以后，她重新回到剧团。她坐在轮椅上，努力地笑着，头发剪得很短。似乎剧团的一切都是老样子，节目仍然深受欢迎。可是她，再也不能扮成美丽的小天鹅了。她甚至不能够登台演出，她把自己藏在舞台后面。每一天，泪水涌进心底。可是，她是那样地热爱舞蹈。有时候，没人的时候，她会一个人转动轮椅，轻轻地打开双臂，仰起下巴，虚构出一个舞伴、一个舞台、一幕舞剧、一群观众。轮椅转起圈儿，她感觉自己穿了最漂亮的舞鞋，正踮了脚，风一样从舞台上滑过。掌声响起来了，她心满意足地站在舞台上，给观众们还礼。

她操起熨斗，为她的同事们熨烫衣服。现在，这几乎成为她唯一的工作，她不想做一个毫无用处的人。团长问："你行吗？"她笑笑，说："行！"熨斗压得她胳膊发酸，她咬着牙，做出轻松的表情。团长问她："你还想跳舞吗？"她说："什么？"她怀疑自己听错了，或者，这个总是笑意盈盈的团长正跟她开着一个玩笑。

"你还想跳舞吗？"

"可是……"

"前几天，我见过你独自在化妆间里跳舞。"团长说，"我认为，你现在仍然可以登台演出。"

"可是，这怎么可能？"她说，"现在，我是一个残废……"

"不，你不是残废。"团长说，"你不过有些不便。如果你真想跳舞的话，你完全可以登台……我相信，观众们会认同你的舞蹈，喜欢上你的舞蹈，甚至他们会为此深深震撼。"

团长拿出节目单，指给她看。"就在这里，"他说，"将你的舞蹈插在这里，还是你以前的登台时间……"

"可是，我不行的。"她说，"我没有腿，我不能扮成小天鹅。"

不管团长如何试图说服她，她就是不答应。

她怕，她绝望，她没有信心。她怕观众们嘲笑她、怜悯她，甚至在心里喝起倒彩。她只能默默地为登台的演员们熨着演出服，她想，这是自己唯一可做的事情。

可是那天，突然，一位年轻的舞蹈演员在演出前几分钟打来电话。她说，她临时有些事情，不能够来演出了。海报早已经张贴出去，节目单早已经公布。团长搓着手，急得团团转。

怎么办呢？他再一次望着她。

"你能不能，登台试试……"

"可是，我这个样子，观众会笑话我的。"

"相信我，不会的……很多观众都认识你……救场如救火……"

"问题是，我是一个残废……"

"你不是，你永远是最美的舞者。哪怕你坐在轮椅上，也是剧团里最美的舞者……"

拗不过团长，最终，她还是硬着头皮，登上了曾经熟悉的舞台。灯光柔柔地打过来，她随着音乐，翩翩起舞。她没有腿，她站不起来。可是，她的身体在舞台上轻盈地飘来飘去。她扬起光洁柔软的手臂，仰起弧线美妙的下巴，她的舞裙白得耀眼，她是世界上最美丽最纯洁的白天鹅。她吸引了整个剧场的目光，观众们被她独特的舞姿深深折服，感慨万分。表演完毕，整个剧场，掌声如雷。

她弯腰答谢观众，泪如潮涌。她想不到被截肢以后还能够在舞台上表演，她想不到在她失去两条腿以后观众还会一如既往地喜欢她、支持她。她想，她真的还可以继续舞蹈吧？虽然失去双腿，可是她还有一个舞动的灵魂。今后，只要观众喜欢，她完全可以坐在轮椅上，为她的观众跳一曲近似完美的芭蕾。她是轮椅上的舞者，心灵的舞者。

　　只是，她没有注意到，就在观众席的一角，团长和那个请假的舞者正在含泪为她鼓掌。

要多努力，才能看起来毫不费力

作者：三木

七月的烈阳比平常炽热得多，午后的甜品店略显冷清，而我也正乐得清闲。在这个时候，我一般都会躲到空调下的桌子上安静地画一会儿画，直到有客人光临再开启接下来的忙碌。

"一杯奶茶，少糖，常温，谢谢。"

正在这时，一个甜美的声音从吧台响起。我赶忙放下手中的画，跑回了操作间。一杯奶茶的制作本身就比较简单，只花了几分钟奶茶便做好了。当我转身打算把奶茶交给顾客时，却不见了人影。

"你画的画可真好看。"

循着声音，我才找到了人，而声音的主人正是那位买奶茶的顾客。此时的她坐在我刚才的位置上，手里握着的正是我的速写本。我羞涩地从她的手中夺过了速写本，这么多年她是第一个夸我的画不错的人，我的心里竟然有些紧张。

小声地回答了一句"谢谢"，我顺手就将奶茶递到了她的手中。只见她冲我微微一笑，做了一个加油的手势，便离开了甜品店。

自那之后，那个女孩便经常出现在甜品店，每次都是那个老时间。有时也不点东西，只是安静地看着我用画笔在速写本上乱写乱画。

　　我们就这么慢慢熟络起来。我知道了她叫向阳，是舞蹈学院的一名学生，从小学舞，都跳了十几年。她最大的梦想就是能站在舞台上给自己的父母跳一支舞，以此来感谢他们这么多年的教导。

　　和我做朋友的原因，大概就是我做的奶茶味道是她喜欢的那一款。因为需要整天集训，只有中午有一些休息的时间，我的店自然也成了她休息的好去处。

　　自从和她做了朋友之后，我便觉得时间过得很快。就在这个夏天快要结束的一个下午，向阳突然冲进了甜品店，满脸带着兴奋。她对我说，她的梦想就要实现了。这个月的最后一天，她将会在市里的舞蹈比赛中跳独舞，她的爸爸妈妈也会来为自己加油。

　　除此之外，她还对我说了她的紧张与害怕，最后还塞了一张比赛的入场券，嘱咐我一定也要去帮她加油。直到夕阳落下，她才离开了甜品店。她的影子在夕阳的红光下被拉得很长很长，我仿佛已经看到了她的成功。

　　距离月末也就一周的时间，向阳比赛的那天，我特意起了个大早，赶到了比赛现场，而我面前的却是脚踝受伤正在哭泣的她。比赛前一天，由于训练量过大，她的脚踝突然扭伤，比赛是绝对没办法参加了，她的梦想就这样化成了泡影。

　　我不知道该怎样安慰她，我们两个人就这样沉默地直到比赛结束。

　　自那之后，很长时间都没有再见到向阳来甜品店，我不禁怀疑她是不是已经放弃了自己的梦想。我也因此没有继续画画，总觉得梦想这回事可能就是这样的不切实际吧。

　　已经是深秋的午后，甜品店的生意越发冷清，我的爱好也变成了在桌角发呆。

　　"你最近怎么没有画画啊？"先是推门进来的铃铛声，然后就是那个熟悉的声音，伴随着冷空气向我扑面而来。

　　"这是明年的舞蹈大赛，我已经报名了哦。到时候，你一定要来！"对，没错，来的人正是向阳。这么久的时间里，她根本没有放弃自己的梦想。对于她来说，梦想决不会因一点小事而被放弃，她反而付出了更多的努力。

　　寻梦的路上注定异常漫长艰辛，唯有付出更多的努力才能收获梦想、收获成功。就像向阳一样，努力去追寻自己的梦想吧！

努力的尺度

作者：巴陵

每当回忆那段求学经历，我都不敢相信：我们几个同学是靠什么信念支撑而走到了今天。

1999 年，我们四人高中毕业后，相约到长沙读大学，继续自己的学业，追求那可笑的梦想。我们四人两男两女，所读学校是名校。但是，我们都不是名校的学生，只是寄留在那里的自考生。民办学校为了扩大招生，借用名牌大学的名气和场地，把我们骗到所谓的学校里，收编成全日制自考生。

我们这群懵懂的少年，因为高中的学习成绩不突出，没有考上大学，又对大学梦寐以求，只好来到长沙，读自考，却不知道考试的难度。

那时，全国刚实行长线自考，由国家统一命题、统一组织考试。每所学校都没有考试经验，老师也不敢打包票让学生考试一定能够通过。长线考试倒让学校摆脱了责任，只负责教学，考不好是学生自己的责任。

我们四人选择的专业不同，小玉读计算机、我读中文、小罗读中医、小苹读法律。小玉和我在城市的河西的同一所大学，小罗和小苹在城市

的河东，分南北两地。我们四个乡下来的孩子，在城市举目无亲，没有熟人和朋友，来往的只有几个老同学。

初到大学，每个新生既陌生又新鲜，对自己选择的专业也非常热衷，怀着美好的理想。学习之余，迎面而来的是个人的孤单和寂寞，心中的苦楚和郁闷无法对人倾诉，唯一的办法是找老同学诉说。四个人常常聚会，见面是欢声笑语，分别时却依依不舍。

陌生的城市，很多东西充满诱惑，我们也对无数事物怀有好奇。慢慢适应城市的生活，也觉得自由、痛快，唯一难倒自己的是缺钱。

半年的平淡学习很快过去，没有考试的压力，也就对学习没有检验和总结。过完春节，考试慢慢逼近，压力和危急表现出来。面对第一次考试，自认为每门课程都有把握，放松了复习。老师也没有任何临考方法和复习技巧，我们都只能自己尝试，等待考试的一刻。

考试时对自己还满意，结果出来大失所望，四个人都非常惊讶：我过了两门，都是 60 分；他们三人一门都没过。我们四人心情都很烦，见了一次面，其他的大谈特谈，考试和成绩却非常忌讳。大家都暗暗发誓，努力学习，准备下一次的考试。

自学考试有它的特殊性，每年两次，考试时间是四月和十月的最后一个周末，周六、周日两天，分四场，每场考试两个半小时。自学考试本是成人考试，每次最多只能报四门课程，公共课程每次都有，专业课程是轮流，开课也要按报考课程走。

第二次考试，我们的成绩还是不理想：我过三门，都在及格边缘；他们三人各过一门。我们才认识到自考的难度和自己的学习能力，终于放开胸怀，畅谈考经。我们认为，学习计算机是学习一些抽象的概念和事物，没有计算机把玩的日子里只能凭想象学习；中医学主要是识记，任何一个病症和药物都是知识点，需要死记，看病时还要准确对应得上，不能有丝毫差错；法律是非常专业的条文，不仅文字需要死记硬背，而且条条框框也要明确，同一法律条文在不同案例或同一案例的正反两方，说法和词义的理解都不相同；中文是简单的文史掌故加精华论点，回答问题时话语可以随意组合，只要答到点上，其他都是文学语言，文字不定，意思相同即可。这些学科都有规律可循，我找到文学规律、小苹找到法律规律，小玉和小罗还在苦苦寻找自己的学习方法和经验。

第三次考试时间马上又到，我们都按自己的经验进行了紧张的备战，考试成绩还是不理想，我过了四门，只有一门上 70 分，小苹过三门，小罗过两门、小玉过一门。这样的结果实在难以接受，但又是现实。

两年学习结束，小玉不得不放弃自己的专业，改学其他。自学考试里，所有的专业都有固定的课程需要考完，没有选择的余地。小玉为了自尊和完成父母的希望，到培训学校学习会计。受两年的成人教育和自学考试，自学能力有了明显的提高，六个月的夜以继日的学习，小云终于把三本会计初级考试教程啃透，拿到会计证。凭着坚忍的毅力，一年后，小玉又考了中级会计证，成为一名合格的财务人员。

小罗两年半学习结束，到株洲一家医院实习，才发现自己所学的知识非常肤浅，任何一门课程都不精，半桶水沾不到边。本来半年的实习，不到一个月他又回到学校，真正埋头苦读。他开始重新认识医生这个职业，改变了轻浮的学风。虽然 2005 年取消中医自考，没有拿到专科文凭，他却学了些真本事。

小苹准备法律考试只是学习的一方面，还要把法律条文应用到案例上，才可以做一个好的律师。她觉得天赋不足，学习和运用法律无法结合得很好，达不到律师的境界，只好放弃崇高的理想，从事基层法律服务工作。她没有放弃再学习的机会，还是更加努力地钻研法律，准备参加律师资格证考试。

我学习中文，等到过的课程越多，才觉得考试并不重要也不困难，只是学习的凭证，重要的是训练好自己的写作能力和阅读鉴赏能力。阅读鉴赏不仅要把课本上的知识运用到阅读中，还要对自己阅读的书籍有更独到的看法和认识，可以自我鉴赏、深层分析，更多地积累阅读经验，做到"读书破万卷，每卷为其用"。写作能力是中文学生的基本功和就业门槛，中文毕业，不是饱读诗书，而是知识转化为文章，更好地来从事文字和文秘工作。

　　我们四人大彻大悟后，反倒觉得学习轻松了、路径也多了。

消失的 99 路公交车

作者：蓝千阳

临近大学毕业的时候，室友曾在一个夏日的黄昏问过我一个问题。我至今回想起来，都能清晰地感觉到自己眉眼间泛起的笑意。我们走在树林斑驳的光影中，谈论着未来。她忽然停了脚步，轻声问我："这四年里，你学到的最宝贵的东西是什么？"

彼时恰好到了树林的尽头，没了茂盛的枝叶作为遮挡，大片的阳光一下眯了我的眼睛。我顺势闭上了眼，脑海里浮现的是学校门口的 99 路公交车，那是一辆被我打上"后悔"两个字作为烙印的公交车。在某天之后的很长一段时间里，我都避免再坐上这辆公交车，因为它承载了一段并不美好的记忆。

我把当我气喘吁吁地看见它恰好迎面而来时的惊喜记得有多清楚，就把我在它打开车门后心底的失落记得有多清楚。车上黑压压挤满了人，只留下车门后一块狭小得似乎刚好能放下两只脚的空间。我犹豫了，而就在我犹豫的几秒里，我眼睁睁看着它关上了门，绝尘而去。后来，我等到了下一辆 99 路公交车，却没等到下一个面试机会。

错过面试的那天，我独自在校园里走了很久，久到我把"如果我当时坐上了那辆公交车会怎样"在心里反反复复念叨了千万遍。这些年因为不够果决勇敢而错失机遇产生的失落都积累成山，沉甸甸地堵在我的心口，压得我喘不过气来。原来，我已经放任自己失去了这么多。因为害怕自己没有经验而拒绝了担任社团部长的推荐，因为觉得成功概率很小而放弃尝试争取奖学金，因为恐惧努力得不到回报而放弃参加各类比赛，因为……

　　害怕、自卑、怯懦、懒惰等，这世上有千万个理由能使你选择放弃追求生命中一些十分渴求的美好，最后也能使你放弃得之不易的梦想。人们常常调侃没有梦想的人和咸鱼没有什么区别，可事实上，敢于在看见路途坎坷、前途未知之后还专注于顶峰、果断迈出第一步，远比挠头嘀咕"不可能"更加珍贵。

　　所以，那四年里，我学到的最宝贵的东西究竟是什么呢？是坦诚面对我的梦想，努力抓住我的欲望，珍惜每一次看得见的机遇，不问前程，勇敢尝试。永远挣扎到最后一刻，是我对自己梦想最诚挚的尊重和敬仰。

　　毕业离校的那天，我最后一次坐上了那辆 99 路公交车，平静而坦然。因为我知道，我早已用两年不悔的时光成功地将它的阴影从我的生命中彻底抹去，取而代之的，是一方明亮耀眼的新天地。

画心

作者：安守

"你觉得画画可以拯救一个人吗？"

我和她聊天的时候，她这样对我说过。那时候，我看不见她的表情，不知道手机那端的她是抱着什么心态说出这句话的。

但她跟我讲了一个故事。

是她的故事。

不知多少人的命运在高中发生了转折，她也是如此。在高中的时候，她遇上了对她来说，这一生最重大的一件事。

她的腿摔断了。

这件事对她造成的伤害不仅仅是生理上的，更是在心理上引起了连锁反应。一个本来活蹦乱跳的调皮小姑娘，在这样的打击中沉默了。

她腿脚不便，想要治好需要很长一段时间。在这段时间里，吃饭、学习、上厕所，本来应该习惯的事情都变得不再习惯。她逐渐自卑了。

这段时间，她几乎走到了人生的最低谷。

可她遇见了一个改变了她一生的人。那个人是谁，我至今不甚清楚，可那个人让她想要变得更加优秀。她慢慢不願意接受现在这样自卑的自己。

她想起了自己喜欢的画画。

绘画是一件很艰难的事情。其中的很多东西我不太了解，但以她当时的身体状态，必然充满了曲折。她想要奋起直追，通过自己的努力，借由自己的梦想，打开一扇门。

她说完这个故事，我沉默许久。我不知道该安慰她还是该鼓励她，也许她根本不需要我的安慰与鼓励。

大学的生活很容易让一个人变得颓废。我身边的人逐渐堕落，别说梦想了，就算是学业也是一塌糊涂。成天翘课打游戏，日夜颠倒，这都已经见怪不怪。我也渐渐有些沉迷在这样的生活中。

我和她很少聊天，这次却是她主动寻我。

她让我帮她看一段视频。我点开后，发现是一段短短的动画。虽说只有短短的一小段，但是其中的人物与景物都活灵活现，仿佛要跳出来似的。

我有些惊奇，这竟是她自己做的。

她对我讲，她为了制作这一段动画，已经废寝忘食好一段时间，不断地修改与获取灵感，画稿都已经用光了一叠，最终才有了这样一分多钟的一段动画。

当时的我只觉得自己这段时间都白过了。在我们沉溺于游戏与小说的时候，她已经迈着自己的步子朝前方走了很远。画画真的能拯救一个人？

也许是这样，但我不这么认为。

拯救她的不是画画，而是她想要画画的心。她心中所想，便由手中的画笔描绘出来。有多少人可以想明白自己的所求呢？又有多少人可以坚持不懈地走下去？

　　能够坚定自己的人，才可以自我拯救。

　　有些事情，或许在别人看来微不足道，就如我朋友的这一段动画。可是，亲自去做的你必然会明白，哪怕是这样的小事，也耗费了许多精力。

　　哪怕是这样的小事，也值得你自豪。

梦想主义者

某天入睡前，例行打开手机刷微博，无意中看见一句熟悉的话。

那是罗曼·罗兰曾说过的："世界上只有一种英雄主义，就是在认清生活真相之后依然热爱生活。"

我闭上眼，昏黄的灯光隐约透过眼皮，我迷迷糊糊地做了一个梦。梦里是半真半假的画面，高中同学千君成了有名的漫画家，她的名字占据着我们最爱的那本漫画杂志的封面，好不神气。

一觉睡醒，头脑里空空如也，只记得千君的叹息。

她在苦恼什么呢？我翻来覆去也想不明白。上学时，我们是同桌。在我眼里，她是一个极有美术天赋的人。漫画杂志的扉页，网络风靡的动漫头像，又或是教室里每周更新一次的黑板报，只要她想画，就一定可以做到。

我盯着天花板发愣，一晃神却抓住了梦的尾巴。

在梦里，千君坐在电脑桌前，密密麻麻的画稿铺满桌面。她叹气道，她以为的梦想不是这个样子。以前，我们只会看到自己喜欢的那一面，就像我喜欢临摹，即便现在我可以根据不同的约稿画出他们想要的样子，可是我最喜欢的还是临摹。在那个时候，画画不需要考虑任何因素，只要我想画，就可以。

我歪头看向梦中的千君，她也长大了，不再是高中那副被人盯着就画不出来的腼腆模样。她鲜活生动地出现在我面前，告诉我，她不明白梦想的样子。

这个梦说来也并不突兀，因为我曾经很羡慕像千君这样有天赋的人，我以为他们凭着一腔热血和聪明的头脑就可以追逐梦想。那时候，人人都拥有梦想。"梦想"这个词被反复咀嚼着。

我也有过随随便便就口出狂言的年纪，把梦想挂在嘴边。现在想来，那样浮于表面的"梦想"恍如白日梦一般，真的是纯粹的敢梦敢想。

反倒是梦中千君的叹息真实无比，和我心里的苦恼互相重合。梦想究竟是什么？

在别人都狂奔逐梦的时候去思考这个本质问题，实在不是明智之举。但是，梦中的叹息和疑惑其实都来源于我自己。如果说，真正的英雄主义是在认清现实生活后依然热爱它，那么真正的梦想主义是接受梦想给予的所有酸甜苦辣后依然执着于它。

我清楚地记得，我在看《小城夜食记》时，有一位乐呵呵的老板娘说起自己的烧烤铺，起源于她的丈夫爱吃烧烤。于是，一家人开了个小店，营业时间也不晚，赚多赚少不要太计较，只求每天下班一家人围着小炉子吃串聊天。

我曾以为我会意气风发地只做我爱做的事情，把梦想提至高出生活的范围，遥不可及。可时至今日，我看到这份简单的热爱，既满足了生活的温饱又乐于生活，我感受到了其中的美好。

其实，这正是给我和千君的答案。

在我看来，梦想不是简单的做梦幻想，而是在生活的基础上勇于去做喜爱的事物。

学生时代的千君只喜欢临摹，随着时间的推移，她也需要进步。如果把梦想停留在某一时刻，她能得到的只有浮于表面的"梦想"二字。

学生时代的我只喜欢放纵，以为梦想就是一味地表达自我，可以肆无忌惮地做喜欢的事。

可我们不曾想过未来，不曾想过这样的好事怎么会有人不喜欢呢？

可这样的喜欢谈何梦想，只能算是自顾自地大梦一场。

我相信，每个人都是梦想主义者。不管是曾经、现在还是未来，我们都跟随着时间洪流大步往前，梦想之于每个人的意义也各不相同。但正如英雄主义一般，认清生活的全部且依然热爱它，接受我热爱的所有，无论好坏，无可叹息。

梦想能到达的地方，脚步也能到达

作者：辛岁寒

我的梦想从一开始就是用我的双脚，去探索这个世界的长度，用心写下这一路走过的欢喜悲愁和坎坷荆棘。

在我从青春年少步入二十岁的"阶层"以后，我面对了许许多多捉摸不透的生活、来势汹汹的压力和暗潮汹涌的争夺，梦想的这条道路比以往更加荆棘丛生。在文学的领域里，我和许许多多的作者有过一面之缘，每天和各种各样的编辑、出版社打交道，混迹在各种小道上与正经的朋友们"不正经"地探讨着我们心目中的文学。

如今的作者，相比于以前更是不计其数。想要脱颖而出，于写作这条路上的人，是极其困难的。我们在学着写作的同时，还要学会如何去营销自己。曾和我并肩作战的那些姑娘、汉子们，要么已放弃这个漫长无光的梦想，要么已找到自己的道路。

很长一段时间，我像一个飘摇在世间的流浪人，受不到重用，更找不到我可以安放梦想的地方。那段时间，我到处病急乱投医，各种圈都去混了一遍，最后还是没有找到自己的定位。

在这样的形势下，我每天最大的渴望就是醒来能看见邮箱里满满当当地回了四个大字：已过终审。更极其渴望有一家杂志社能够留下我，一家出版社能看中我，或者有一家网站能够收容我，抑或遇上知我懂我的伯乐，让我如千里马一样释放自己无穷的潜力。

但我知道，这些也只能留在渴望里。

我常常一个人在深夜望着已安静下来的繁华都市，望着电脑前的空空的文档，抱着空白的稿纸忧伤。这夜深人静是最惹人难过的时间，我一边寻找丢失的灵感，一边问自己该去的方向。面对来势汹汹的自我数落，渐渐有了失眠。我习惯一个人躺在床上，关着灯睁开双眼，暗暗和自己较劲，常常思考关于梦想是该继续还是该停止，关于未来是等待还是追寻。

在那样一个阅历浅薄的年纪里，我羡慕着那些拥有好机遇的人，我羡慕那些文风独特的人。我知道自己不是天才，于是常常问自己，这条路是否普通人也可以走。回答常常也是不确定的。

可我对文字仍旧是那样痴迷，它就像我的恋人，离不开、扔不掉、舍不得、放不下。很长时间不写东西，身上就像患病一样不舒服，但提起笔的时候，又脑袋空白。

这些年，我与文字的交流越发频繁。它陪着我一路从稚嫩慢慢走向成熟，我也用我的文字鼓励了许许多多在人生路上失意彷徨的人，也接受过很多人的赞扬和鼓励。

可是，我却始终鼓励不了自己。这大概就是一个写作人最无奈的地方吧。

治愈了所有的人，却无法治愈自己。就连昔日里慢慢渗透着的回忆，都在脑海里渐渐消散。

我常常写文到深夜时，便被四下无人的夜勾起了许多伤感。我便迎着这样的伤感，停下来问自己，究竟想要的是什么呢？

安静的空气回答我，我并不知道我想要什么，我并不知道我应该要什么。我迷茫着彷徨着，在迷雾中寻求着前行之路。

后来，我真的开始去寻找自己最初的想要去探索别人的故事的梦。我开始真切地爱上了漂泊，爱上了流浪。为了去丰富自己的阅历，为了遇见更多柔情的人，聆听更多温暖的故事。我开始学着一些早已走在路上的人，背上厚重的行囊，往自己喜欢的道路上奔去。

我希望自己能踏寻更多的土地，去邂逅那些与自己不一样的际遇，真正地长成一棵高大茁壮的树，拥有去抵抗前路未知的风霜的能量。

后来，我在自己的简介中写下一句话：愿你长成一棵杉树，避过天雷，等路过的人赞一声良木。

慢慢地，我的生活真的有了起色。

我交到了更多好朋友，开始有了沉淀岁月的故事和际遇。

朋友说我是一个勇敢又懦弱的姑娘。在现实面前，我是那般的勇敢而无畏，但在梦想面前，我又是那个左顾右盼、唯唯诺诺、害怕走错一步便失败的人。当我回头望望过去的二十几年，我才发现自己原来一直都在和命运下赌注。赌对了是好运，赌错了也不过一句年轻而已。后来，我开始改掉这个习惯，认真地去和现实下每一盘棋。

每每失败，我不气馁。赢了，我也不骄傲。

总有自己的命运要去抵抗。何必为了此时的一点小事，坏了一生所计划的大事。

走过一段自己的路，才会明白被命运赋予的意义。其实，每个人都大不相同。不同道，不断驱使着不懂事的我们，奔向属于自己的远方。

　　而我一直坚信，我的远方在于，在这浮华的世界，坦荡做人，珍惜生命，珍惜爱的人，给他们一个幸福的生活。写自己的文字，温暖别人，亦抚慰自己。更坚信梦想能到达的地方，总有一天脚步也能到达。

　　在梦想的这条路上，我从未停止。

　　直至今日，我听过太多的纠葛，遇到太多的虚假。所以，我憎恶那些冷色，爱慕失落的温情。于是，我拿起我的笔，批判世事的坎坷，写下我生命中的暖色，温暖别人，也温暖自己。

　　你想要做哪一种人呢？庸庸无为地度过此生，还是灿烂辉煌地赢得世界的掌声？

84

第四章 —— 总有一个梦想我们愿意为之奋斗

这条道路虽然并不好走，但坚持就有希望。这个世界并没有什么事情是一蹴而就的。

用"将来进行时"来看待自己

作者：齐帆齐

早上读到一篇关于日本稻盛和夫的《干法》的主要内容介绍。书里强调，当我们做一件事时，不能用目前的能力来要求自己，而是要用未来的眼光来看待。

作者说，人的能力就像一条射线，可以看得到端点，但是看不到终点，有无限延展的可能性。面对难题和挑战，不要以现有的能力评判自己，因为我们的能力在未来一定会提高、会进步。应该用将来的眼光去看待，比如："10天后，或者一个月后，我有没有可能把这件事做好？"

看到这段话，突然有很大的感触，也就是所谓的灵感吧！想起当年我师傅的经历，她学了半年缝纫后，就打算自己开服装店。

第一次接了小孩裤子，别人问她："可以吗？独立做过吗？"她说："可以，没问题。你过两周时间来拿。"其实，她压根儿就没做过。

她当晚找邻居借来孩子的裤子，一点点拆开，看看里面是怎么做的，一步步研究，再把拆下的恢复起来，就是用这样的笨办法来接她人生里的第一单。

可以看出来，我师傅这类人很聪明，最重要的是勇敢，师傅不是用她当下的眼光来看，而是自己用学习的眼光来对待。

我师傅是在边做边学中成长，后来她的生意越做越大，还是我们镇上第一个卖布匹和窗帘的人。生意越做越大，因为她就是典型的用未来的眼光来做事。

如果一件事总是以现有的眼光来看，那么永远无法进步，不敢挑战新事物，无法提高自己，总是把自己局限在那儿。

写作也一样，如果自己对文字热爱，但又想写不敢写，觉得自己成不了作家，不敢下笔，那就永远不会。结果总是行动了才知道。不妨先写起来，在实践中进步。

你或许写一个月、两个月写不好，但写上三个月、半年、一年后再来看，你会发现自己已看不上原来的文字，这表明你已经飞速进步了。我现在看前年写的文字，觉得真的很稚嫩。

但不管怎么样，我总是坚持写到现在没有放弃，现在的文字比前年总是要进步很多。

那时候，只能一周一篇。现在，可以稳定在每周三篇，读者朋友们也说有明显进步。那前年若一直没写，就不会有后来的一切。读书，写作，健身，职场，都是一样的，不要因为当下看不到结果而放弃。

如果跑步一天没有什么效果，一个月效果也不明显，但半年、一年以后呢，你的身材可能好了，精神状态也好了，也许瘦下了 30 斤，这就是以未来的眼光来看待问题，以发展的眼光看以后的事。

在职场上也一样，要成为一个后劲十足的人，别人交给你的任务，可能你一个星期内做不好，但是半个月就说不清楚了，一个月肯定就越来越好了。

这就意味着，只有在行动中才能看到进步。

对我们的能力和状况，用将来的眼光去看待。这样一想，真的就有信心多了。凡事投入其中，没事找事，换一个和别人不一样的方式。不一样的付出，定会得到不一样的收获。

用将来的能力接受现在有挑战的目标，做别人没做过的事，主动带领大家解决问题，傻傻地坚持下去。如果一直用目前的看法，那永远就会止步不前，会错失很多机会，放缓了自己的成长脚步。

愿我们都学会用"未来进行时"来要求自己。共勉！

叫自己"亲爱的"

作者：青卿

忘了从什么时候起，看 QQ 主面板上的天气预报成为一种习惯。只记得，让我喜欢打开这个小窗口的原因，是换了一个新版本的 QQ，每天都能看见那几个字"亲爱的我"。这几个字一下就触到心头，好像被什么抚摸了一下。一截柳条儿？一片月光？一只柔软的手？那感觉是令人愉悦而亲切的，它好像对我说："亲爱的，你要关心天气，注意冷暖，好好爱自己。"

叫自己"亲爱的"，对于我，像是"招魂"。曾经在岁月里心怀悲戚，让伤感淹没自己的人生，硬邦邦的日子常硌疼了自己，我只看到荒凉，看不到绿色。左边是乱石，右边是荒漠，我感觉自己是个弃儿——命运之神它不爱我。甚至有时候，我会闭上眼睛，祈祷不要再醒来了，求老天把我收走，我不知灰色的人生什么时候是尽头。现在想来，那时候我可能已经到了抑郁症的边缘。

那些黑暗的日子在空间日志中多有透露。当然，更多的没有记载。谁敢全盘托出生活的真面目示人？但以前的日志，回头再看时也没有当初的痛了，时间真的是一块橡皮擦。那时候，每写完一篇日志，我都会配上音乐和插图。空间的黑色基调，再返回去看时，自己都不免震惊。那些音乐不忍卒听，都那么忧伤凄绝；那些插图不忍卒看，大多是黑色的底色，令人压抑。庆幸的是，阴云终于消散，生活开始对我呈现暖色，如今，我喜欢简约明快的色调了。于是，把那些黑色背景的插图逐一换掉。

此时正在写着的是我的第500篇个人日志了，这似乎一度是我的一个目标，然而也到了某个瓶颈，就这样卡在这里了。哦！我是如此不甘。几十年来，它拯救我、塑造我，让我寄托其中、沉迷其中，让我漂浮的灵魂有了栖居之地，它对于我是如此的不可或缺。

然而，好像该抒发的都抒发完了，幻想力似乎也用尽了，我不知道该如何找到切入点如何下笔。我不知道才思的日渐枯竭与现在的工作有无关系，也许确乎是有的。我知道，那种公文式的写作正把我最初的兴趣一点一点消磨掉。但工作对我又何其重要，它支撑着我的生活。人总得先把自己活好了，然后才能谈别的，比如对爱好的执着。

现在，我喜欢一切放松自己的方式，开始选择看"无厘头"的电影，琐琐碎碎地收拾房间，在一张用过的A4纸背面画一幅白描，跟有趣又玩得来的好朋友小聚。最近，特别喜欢配乐诗朗诵，既不脱离诗歌，又可以免却对于遣词造句的费心劳神，还可以同时达到与音乐的契合。我对自己说："亲爱的，这有什么不好呢？别让心累就是对的，暂且享受其中吧。"

曾有一度为了写那些文字晚上熬夜，无比地珍惜着时间，觉得白白浪费了好多光阴，能补一点是一点，对好几个文友说过"我不舍得去睡"这句话，也说过"除了写作，没有更快乐的事情了"这句话。而我现在不强求，不刻意。不强求写作的频率，不刻意让诗歌占据生活。

我常在心里对自己说："亲爱的，生活随意一点，快乐比什么都重要。"就像此刻，我不写诗，却用手机拍下了阳台上的韭莲开出的第一朵白花，也同样是欣喜的。这盆韭莲自开过一茬花以后再也没开过花，而且叶子也开始耷拉着，一副无精打采的样子。

是我给它换了花盆，换了土，施了肥，把不精神的叶子剪掉，试着给它新的生命和活力，期待它的重生。看看，它终是没有辜负我呀！望着花盆中蹿出的将开未开的小花骨朵儿，就想着这盆韭莲是不是也一直叫着自己"亲爱的"，给自己鼓劲呢？

有人可能会说："叫自己亲爱的，太矫情了吧！"不经意在一本杂志上看到雷蒙德·卡佛的一句话："叫自己亲爱的，感觉自己在这个世界上被爱。"我又被大大地鼓励了一番，原来，这个世界上，有人就是用这种方式爱着自己。

91

"亲爱的"，这样叫自己的时候，没有丝毫的矫情，因为我接受现在的自己，爱着现在的自己，而且充满着爱的能量。

微光

作者：安守

我很少见到星空。

于我而言，那些小说或是电视中描述的璀璨星空，就如同是梦幻之物，现实中难以寻觅。自小时候起，我就常常看夜空。我眼中的夜空是浓郁的黑，月光在黑暗里挣扎，而星光微弱，仿佛我们自己。

可我偏生就爱那星光。

我成绩最好的时候，是在小学。那时候的我，堪称方圆百里中的"神童"，许多家长都拿我来激励他们的孩子。但我只是按照老师的教导，按部就班地学习而已。其实，我之所以成绩好，是因为其他孩子那时候太顽皮了。

而其中最为顽劣的，当属我的妹妹。

我那时刚刚接触小说，被小说中瑰丽宏大的世界震撼，被那些远在天边的作者折服。那时的我认为，这些人就像是电视里的演员一样，就像是夜空里的星辰一样，遥不可及。我默默地看着书，默默地膜拜着文字的殿堂。

然而，一次巧合，让我窥视到了我妹妹的电脑。

　　电脑上正打开着一个简单而神秘的网页，她正噼里啪啦地敲着键盘，神色严肃而认真。我当时惊呆了，因为我发现她是在写小说。但是，她怎么可能会是作家？

　　彼时正是夜里，也是个星光微弱的晚上。

　　但我抓住了那一缕星光。

　　从那之后，我仿佛得见新世界的一角，开始探寻写作的事情。最初是询问我的妹妹，在她开始不耐烦之后，开始在网络上查找咨询。我发现作家看似遥远，实则就在我们身边。我开始写作了。

　　写作这件事，可真不是简单的事情。

　　我在本子上写写画画，将自己的所思所想都记录下来，按照自己脑子里的画面去描绘、去构建，想要将它们还原在我的笔下。可我总觉得少了些什么。现在想来，却是明白了。

　　是了，是思想，是灵魂。

　　我开始探寻文字中更深层次的东西，不再追求浮于表面的华丽辞藻。也就是在这个时候，我的人生开始改变了。

　　我最令人印象深刻的不再是我的成绩，而是我的文字。

　　一晃几年过去，我和我妹也各奔东西。有一次我们都在家的时候，我问她还有没有写作。她很惊讶地看着我，说她早就不再写东西了。

　　我没想到，她为我打开的那扇门，却是我替她走了进去。

　　人越长大，越能看清人与人之间的现实。许多人将成长说成是失去，也有人将成长认定为收获。我倒觉得，成长便是认清世界的过程。世界从你认为的那个样子，渐渐变成了它本来的样子。

　　我们就像是漆黑夜空里的渺小星辰，挣扎求存。

　　可只要一缕微光尚在，我们就会坚持下去。

星星

作者：成秋菊

夜色稠密，像一块黑色的幕布将村庄笼罩，四下无人，只有树杈间的叶子沙沙声。

浓密的黑夜，要把一切粘住，路上的行人渐渐稀少。

"明天的天气，怎么感觉要下雨了！" 妈妈将粪桶的担绳丢置在柴房里，任其孤零零地倚靠着墙角，抬头看了看天上浓厚灰蒙的云层，露一点愁色。

星星在旧时乡间是一种时间的指引跟天气的预报，虽然道理不尽正确，却是老家流传下来的千古习训。沿袭旧俗是农耕社会的一部分，连同勤劳、质朴的天性，一起流入农人的血脉，在苍茫大地上主宰着乡村与自我的命运。即使是一点微弱的光，也具有庇护信仰的魔力。

小时候的星空是感受微风簇浪，散作满河星的清新；是在野间嬉闹，于林间漫步时，仰望星星的无限童趣。流星透疏木，走月逆行云，幻想着自己能成为一颗星，在辽阔的天际无忧穿行，眨一眨眼，在花丛中忽闪不见。

那时候，父亲"夜长人自起，星月满空江"的枯坐，是希望生活有所安放的寂寥与温柔。在夜深人静的时候，他看着灯下睡熟的我们，盖一盖露在外面的手脚，轻轻关灯，披一件薄衣，徘徊于窗前，抿一口烟，不愿惊扰我们的梦境。看完满天星辉后，他将明天的生计盘在脑海里，放下白天的喧嚣，预备一个辽阔的梦境，圈一片静谧的星河。

　　天没有全亮，透着点灰蒙。夜露还未散去，迟迟钟鼓初长夜，耿耿星河欲曙天。奶奶拉起帘子，看着星星剩下寥寥几颗，在远天闪闪烁烁，便又开始喃喃自语"还可以再睡会儿"。那时候的生活简单，日子就像星星一样透亮，北极星成为老人教给我的第一个星星的名字。《论语》载："居其所而众星拱之。"有的星星经常变换位置，唯此星在固定的位置，早起晚落，忠贞不贰，陪伴众生于尘世间浮浮沉沉。

　　星空的情感是多变的，它是"纤云弄巧，飞星传恨，银汉迢迢暗度"下，千里迢迢、相思万里终来相会的踽踽宵行；是乡间那些为了追梦，爱人远走他乡，生活暂时分隔两地，夫妇"今宵绝胜无人共，卧看星河尽意明"的清朗君心，寥寂长夜，在彼此心角亮着，待到他日他年来相见，一定是万家灯火，星河四畔的境况两全。

　　而那些因劳作而晚归的农人，将生活过成了黑白双面，一声已动物皆静，四座无言星欲稀，只有星星做伴，伴着窸窣的虫鸣与月影的光华。月色浓时人影淡，月色淡时人影重。星星掌着灯，照着埂间的水塘与叶片间的月光。农人心中一片了然，星星在河影间流转。农人打了个哈欠，将这生活的苦都散作满天的星辉，兀自亮着，照亮困境暗角。蓦然回首，立于田垄间，点亮未来的原来是自己的心盏无眠。

　　"闲云潭影日悠悠，物换星移几度秋。"时间在星云变幻中，变换着形状跟模样，镌刻沧桑与永恒，那些人事也在白驹过隙的岁月中，变了模样。

　　夜色渐浓，唯此一颗心。

手执信仰，让梦想开出花朵

作者：三木

窗外已经挂上一张漆黑的幕布，只剩下来自白炽灯的亮光。我所居住的小区由于离高中很近，是附近著名的校区房，在这里居住着很多面临高考的学生。而我，正是高考大军中的一员。

早上的闹钟刚发出声音，我便立刻从床上坐了起来，按下闹钟的暂停键，指针刚好停在了 6 点。洗漱、换衣服以及戴上听力耳机一系列的动作都异常熟练，也就用了 5 分钟，我便迈出了家门，呼吸到了今天的第一口空气。

我喜欢长跑，每当我穿着跑鞋飞驰在任何一个地方，我都能从风中感受到快乐，包括路边的花朵似乎都在和我打着招呼。用半个小时，正好绕着整个小区跑了两圈，回到家换好校服，在路边买了一个煎饼果子，我又是第一个来到学校的人。

坐在座位上，一张空白的表格正在我的桌子上。

尽管只是一道选择题：是选择纯文科还是特长生？但是，却让我陷入了一场战斗。

我的大脑里仿佛有两个小人在打架，一个正是穿着我所热衷的运动服的我，而另外一个则是戴上眼镜正在大学里学习哲学的我。他们一个对我讲要选择自己热爱的，一个却对我说要听父母的话。

　　我所热爱的一定是长跑了，但是，父母不希望我选择特长生这条路，他们失望的眼神是我不希望看到的。不过，选择了纯文科对自己来说可是另外一种考验，高三这一年的时间都要学习、学习、不停地学习！

　　这场战争持续了很久，直到上课铃声响了，我才反应过来，就连手上的煎饼都只吃了一半。把吃剩的煎饼连同表格一股脑儿扔进课桌抽屉里，我将脑子里的两个小人扔到了一边，开始了学习。

　　一整天的课上完，我只觉得昏天黑地。很显然，我还没有适应高三的学习节奏。回到家，我将那张空白表格从书包里小心地拿出，然后轻轻地放在了父母面前的茶几上，希望他们能够帮我做出这道选择题。

　　不出意料的是，他们两个人替我选择的正是我之前想到的答案：纯文科。

　　我不再战争，顺从地在表格上填好了自己的意愿。我放弃了自己热爱的长跑，成为一名需要每天都拼命学习的学生。当然，我的父母也有所妥协，那就是每天早上半个小时的晨跑时间。

　　高三的时间说慢，其实每一天都过得很煎熬；而说快，也就是一眨眼的时间，等待成绩的那个暑假是我最开心的时候，因为我可以随时奔跑，享受奔跑给我带来的乐趣。

　　可是，快乐的时间总是短暂的。成绩下来之后，父母都欣慰地笑了，因为达到了他们的期望，而我却毫无感觉，就这样稀里糊涂地去了自己的学校报到、上课。

转机出现的时候，我正在宿舍复习功课，而我隔壁的室友突然激动地大喊了一句："咱们城市要开展一次马拉松赛，有没有一起报名的？"

马拉松？跑步？我很快地将这两件事结合在了一起，毫不犹豫地报名了比赛，并且在比赛中获得了较好的名次。而我擅长跑步这件事在学校里竟然出了名，学校的领导也找到了我，并且推荐我去参加大学生运动会。

因为有学校的支持，我顺利地参加了比赛，虽然结果并不尽如人意，但我却第一次感受到了梦想的力量竟然如此强大。

至此，我想感谢那个将长跑视为信念的自己，感谢自己不曾放弃。余生很短，一定要和热爱的事物一起，然后让梦想开出花朵。

没有什么是一蹴而就的

作者：玲珰

　　成都赴往上海的路上，火车行驶着穿过田野，穿过高楼。一路上，天空阴沉得如一幅远古的墨画。

　　上海的虹口足球场外，虽还是白天，却早已人头攒动。东方神起大大的演唱会宣传条幅在微风中波动着，不少人手上拿着应援棒和手幅上前合影。我突然想起一句话："当手中的荧光棒变成拐杖，你依旧是我的信仰。"

　　我觉得，虽然倒也谈不上信仰的高度，但却也实实在在是我高考途中的动力。

　　南方的那一年，出奇的热。盛夏的空气中挤满了躁动，头顶的风扇呼啦啦转得勤快。

　　老师在讲台上讲着枯燥的几何证明。可能是风太暖花太香而上课太无聊的缘故，我支着脑袋昏昏欲睡。老师终于忍无可忍，早已和周公相见的我猛地站起，猝不及防。

　　"你来讲讲，证明它们线面垂直需要哪些条件！"

我踢了踢一旁的同桌，以请求支援。他半梦半醒间看着我传来求救信号，不明所以，随即慢悠悠地随手指着书上的一行字递过去，书上还留着他的一摊口水。

我一直挺佩服他的。有时候，晚自习我和他讲话讲着讲着就没了声儿。等我转过头去，才发现他坐着都睡着了。还有上课的时候，他随手把笔扔在地下，弯腰去捡的空当就直接把头伸进抽屉里打一会儿盹。老师津津有味地讲着课，也从来没注意过。我甚至一度怀疑，他是不是得了嗜睡症。

我嫌弃地接过书，照着书念了出来。

念到一半，老师打断了我："这是上一章的知识点，你说说你们都在干什么！"老师怒不可遏地敲了敲桌子。

我扭过头，同桌一副"我也不知道"的表情，若无其事。

在这个艺术班，大致可以分为两种人。一种是真正热爱艺术，并愿意为之付出的人。还有一种，成绩并不突出，选择艺考作为跳板，希望能考上一个不那么差劲的学校，而那光辉的艺术梦不过是无奈现实面前的粉饰。

我属于后者，我不会看见别人跑步就对他们的动态做出判断，我不会看见一处美丽的风景就思考它们的冷暖关系，我不会看见一个人的脸就对他们脸上的明暗关系做出分析，我更不会看见一套衣服就思考它的设计理念和元素。我不会，可他们会，这就是区别。

星期三是专业课，老师让大家围成圈，转着铅笔决定谁来当速写模特。当笔尖对准我的时候，我是崩溃的。在那里一动不动地站20分钟，这对我来说无疑是煎熬。

我站在中间随意摆了一个姿势，大家各自找了个角度开始画。

我的同桌站在我的右前方，拿起针管笔开始"定点"。说实话，对于他的速写，我是服气的。用针管笔画速写我听说过，但从来没有遇见过。所以，当初第一次看见他用针管笔画速写的时候，我和大家一样，全程用膜拜的眼神看着他。

对我来说，用针管笔画速写，还能抓形如此准确，线条处理得如此到位，无疑是神一般的存在。

美术集训开始第二个月时，老师说出去写生，但为了安全，只能选稍微近一点的地方。所有人都欢呼雀跃，嚷嚷着说终于可以暂时离开这个地方了。

大巴行驶了几个小时，来到了九寨沟。九寨沟的春夏秋冬都别有风情，当时正值夏季，九寨沟掩映在苍松翠柏之中。

晚上，有人问大家考大学是为了什么。

A说："将来毕业出来能找到好一点的工作，挣钱，能买好多好多好吃的东西。"

B说："为了考上服装学院，设计出很多好看的衣服。"

C说："将来我要是考上大学，我一定要选择室内设计专业，以后就可以把房子弄得漂漂亮亮的。"

大家七嘴八舌。

我的同桌说："希望能多学一点设计方面的知识，有能力自己开一家工作室。"

我听着大家憧憬的未来，我呢？

我想了想。

我没有什么远大的抱负，大概是不想让父母失望。还有，存钱去看一场东方神起的演唱会。

年少的梦想都是这么简单，不掺杂杂质。

高三就如这潺潺流水缓缓流过，十二月的第一个周末的美术联考对美术生相当于第一场高考。紧接着便是几场校考。时间在这几场考试中也变得越来越紧张。无形的压力潜伏在每个人的周围。

有些知识我们一辈子都用不着，可它却有可能决定了我们的一辈子。

高考一步一步紧逼，有人有条不紊地复习，有人没日没夜地刷题，有人是想恶补却又不知道从哪里下手的迷惘和急躁状态，有人呢，早已是听天由命的放弃状态。

高考无声无影却又来势汹汹。我看过一个调查，许多人怀念高三，却没有人愿意把高考的日子重新来过。

高考成绩出来的那一刻，我的心情反而平静了，没有超常发挥，却也在意料之中，不算好也不算差。八月，陆陆续续听说身边有的人去读了大专，和自己的梦想擦肩而过。有的人如愿考上理想的大学，却没能选上心仪的专业，和自己的梦想仅一步之遥。还有的人远离家乡，考上离家数千公里的外省的学校，一年回来一两次，要开始适应一个全新的环境。

而我的同桌呢，听说他考得不错，却差一点被自己向往的设计学院录取，他选择了复读。我一直觉得，选择复读的人都很有勇气。在一个全新的班级再次重新奋斗一年，最后考上了倒还好，要是没考上，一年又白费了。没有一颗强大的心，没人敢轻易选择复读。

这一年，相处三年的大集体，一支笔六张纸，从最后一张卷子交上去的那一刻便各奔东西。

这一年，我觉得自己并没有变得足够优秀，但我终于可以靠近我的梦想了。这一年，东方神起在上海举行演唱会。我用自己高中积累的稿费，买了一张门票。

我站在足球场里，周围是粉丝们震耳欲聋的尖叫声。看到台上深情歌唱的五个人，我原本激动已久的心反而平静下来。

演唱会的尾声，台下上万粉丝举着"相信你"的手幅，表演得大汗淋漓的五个大男孩向粉丝深深鞠躬。

这一年，东方神起宣布解散。

我站在人群中仰视着台上自己为之努力已久的梦想，觉得似梦非梦。

高考是场革命，数十万计的大军浩浩荡荡踏上这独木桥，向着自己想要的结果披荆斩棘。同时，我知道他们也和我一样，一样也有着支撑自己走下去的坚定信念，为自己在这条道路上的艰辛加持。

这条道路虽然并不好走，但坚持就有希望。这个世界并没有什么事情是一蹴而就的。

104

点燃梦想，扬帆起航

作者：叶子

每个人都有属于自己的梦想。也许那个梦想很大，也许那个梦想很小。也许那个梦想已成现实，也许那个梦想还未扬帆起航。也许那个梦想是你从小的梦想、目标，一辈子只为追逐它；也许那个梦想就在你的心中，而你从未察觉。

小雅，一个来自小山村、土生土长的农村女孩儿。从小，她的父母都不在身边，也就是大家所熟知的"留守儿童"。那时的她，总喜欢一个人拿着一支笔和一张纸坐在小院里，一坐就是一整天。春天的柳枝，夏天的蜻蜓，秋天的果树，冬天的雪花都是她的风景。是的，她喜欢画画，她想成为一位著名的小画家。看着那五彩斑斓的色彩，她想，这大概就是安徒生笔下的童话世界。

随着时间的流逝，她越来越沉迷于绘画，如何才能更好地去学习画画呢？老师告诉她，最好的途径就是报一个美术班，更系统、更深入地去学习画画的技巧和方法。她跑回家，搓了搓手，憋红着小脸，颤颤巍巍地拿起电话，按下那一串早已烂熟于心的数字。"喂，丫头！"电话那头响起了母亲沙哑而又久违的声音。"妈，我……我想……想报个美术班学习画画。"她咬了咬牙，还是告诉了母亲她的这个想法。可是，那头母亲沉默了，随后说："这事儿得和你父亲商量一下。"她低头挂掉了电话。她知道，她母亲是不会同意的，家里根本没有多余的钱能让她去报美术班，因为她的学费都是家里面省吃俭用省下来的。

没过几天，亲戚朋友就得知了这件事儿。他们认为，这孩子就是无理取闹，不懂事，不知道体谅父母的艰辛。他们都纷纷说她、劝她，让她放弃画画，不要再给父母增加压力。可是，她不想放弃，因为那也是她的梦想，那是她坚持了十几年的东西。蝉在枝头"知了""知了"地叫着。在简单的晚饭后，苍老的父亲坐在饭桌前狠命地抽着旱烟。昏黄灯光映照下的他，显得更加憔悴和脆弱。她忽然很害怕，害怕她的父亲也会像亲戚朋友一样劝她放弃。可是他没有，他仿佛做了一个很大的决定，对她说："天高任鸟飞。不管怎样，我就算砸锅卖铁，都会给你报个美术班，让你去学。"但最终，她没有报美术班，因为她不忍心父母为她而奔波劳累。

即使这样，她也并没有放弃。她开始每天查阅不同的书籍，练习各种技法，没日没夜地临摹各种图片。本子上、书上、桌子上、墙上……只要能画的地方，都留有她的印迹。终于，在一次全校美术大赛中，她获得了一等奖。虽然只是一个不值一提的小奖，但是却给了她无限的希望。她知道，只要她不放弃，她的梦想就一直存在，并终会实现。

在梦想的道路上，我们总是跌跌撞撞。但是，只要相信阳光总在风雨后，沙粒经过岁月的磨洗，终有一天，也会在太阳的照耀下闪闪发光，而梦想在坚持不懈的努力下，也会再次扬帆起航！

与众不同又何妨

作者：清心

阳光西斜，书房的光线渐渐暗下来。电脑屏幕上，男孩局促地站在全班同学面前，大大的眼睛水汪汪的，里面充满了层层叠叠的雾霭："对不起！耽误大家上课了。以后……我保证……再不发出怪声了。"老师满意地点点头。他的眉头，却凝了深深的无奈与迷茫。然而，刚刚回到座位上，他的头又开始向一侧频繁摆动。同时，喉咙亦无法控制地再次发出"咕咕"的怪声。老师的目光，刀子般落到他身上。寂静的教室，又是一阵哄堂大笑……

长长的叹息，秋叶般掉下来。心像被尖锐的针扎了又扎，倏然间生疼。

男孩叫科恩，是美国电影《叫我第一名》的主人公。与某些不那么幸运的孩子一样，科恩也是"被上帝咬过一口的苹果"。自6岁起，妥瑞氏症如同亲密的伙伴，几乎与他形影不离。这是一种罕见的，至今尚无医治手段的精神控制失调疾病。症状是，无论在课堂上、餐馆里，还是美妙的音乐会上，科恩都会无法抑制地反复发出怪声。由于行为异常，科恩受尽了同学的欺负、老师的批评。甚至，连父亲都一直认为，他所需要的，不是去医院治疗，而是自身的克服和控制。好在，天空不可能一直阴沉，生活亦不会完全糟糕。生命里，总有一些理解和关怀，如同冬日的阳光，给他的心灵注入温暖和明亮。

首先是母亲。她的爱和鼓励，给科恩生命的杯子一次又一次续上了热水。其次是善良且极具教育才华的梅尔校长。音乐会上，科恩频频发出的怪声引得大家纷纷侧目。梅尔问他："你为什么要发出令人讨厌的声音？为什么不控制？"科恩一边继续发着怪声，一边难为情地回答："我无法控制。因为我患了妥瑞氏症，这种病现在无药可治。"校长又问："我们怎样才能帮你？我指的是全校的每一个人。"科恩小心翼翼地答道："我只希望大家别用异样的眼光看我。"片刻过后，掌声雷动。大家一改以往的嘲讽和漠视，每个人都用友好的目光望着他。梅尔校长用心良苦的几句话，犹如一只温暖的大手，拨开了科恩头顶积蓄已久的乌云，为他的生命开启了一扇全新的大门。

大家都认为，科恩这样的情况肯定会选择与说话无关的工作。然而，出乎所有人意料，他的理想却是成为一名优秀的小学教师。他一直记得，梅尔校长说过："学校是用知识打败无知的地方。即使学生与众不同，也要给他们学习的机会。"从那一刻起，他下决心要成为梅尔那样的老师。他要告诉每一个孩子："与众不同又何妨？即使你的缺陷终身无法改变，也没什么大不了的。只要你学会接受它，微笑着与它和平共处，它对你的负面影响就会越来越小。"

为了实现教师梦，科恩在地图上圈出没有应聘过的所有学校。一次又一次面试，一次又一次失败，他的简历总是在世俗的既定观念里被冷冷地驳回。父亲怕他自尊心受挫，理智地劝他放弃。科恩却坚定地回答：

"希望是很难戒掉的习惯。当老师是我毕生的愿望，我别无选择！"在连续被 25 所学校拒绝后，他终于通过了景山小学的面试。那一刻，科恩灿烂地笑了，心情快乐得欲飞。坐在屏幕前的我，亦情不自禁跟他一起欢呼雀跃。

是的，在每个人心中，理想都是青春里最美的一场梦。如同盛放的烟花，璀璨而饱含激情。然而，梦想照进现实的，毕竟凤毛麟角。当烟花熄灭，夜空沉寂，大多数人不过是黯然收了双翅，归于烟火深处。

这样看来，科恩虽然不幸，却又非常幸运。他知道自己想要什么，并且，一直循着心灵的方向，不畏挫折，迎难而上，坚定地走着一条属于自己的路。

年终，他被评为最佳优秀教师。上台领奖时，由于紧张和激动，他又无法控制地频繁发出怪声。他说："我今天可以站在这里，是因为家人、同事、学生、朋友们的鼓励和支持。这个奖，应该归功于他们。但我更要感谢这辈子最难克服，也最执着的'老师'妥瑞氏症。它告诉了我全世界最宝贵的经验，那就是：千万别让任何事阻止你去追逐梦想！"

科恩后来拿到了硕士学位，亦遇到了两心相悦的爱人。结婚后，他们一直住在亚特兰大，做着自己最喜欢的事。

非常庆幸，在这个仲夏之夜，我能遇到灿烂阳光的美国男孩科恩。他让我懂得了，当你不幸被上帝咬了一口，关键不是如何去寻找丢失的那一部分，而是如何利用剩下的那一部分。你一定要记住，不是别人让你成为第一名，而是你自己让自己成为第一名。

第五章 ——

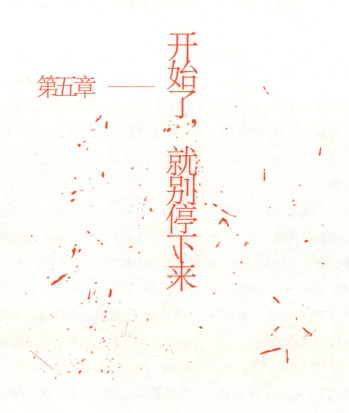

开始了，就别停下来

是的，梦想总会在前面等着你，它是你的脊梁，靠了它，你才能够站起来，才不至于倒下去。

只要你足够甜

作者：沈青黎

10年前，我和好友铃兰一起从一所二流理科院校的文科专业毕业，投入到了找工作的大军当中。几经周折，我们终于各自找到了工作。铃兰应聘到一家外贸公司做前台，而我则在一家私企做文员。为了节省开支，我俩在旧城区合租了一个单间。房间并不宽敞，摆上两张行军床和一个布衣柜，就再也安插不上什么其他的东西，只能在床上摆张小小的折叠桌，在上面吃饭、看书。那段合租的日子过得异常窘迫。我和铃兰的工资都只有1000多块，每月发工资之后，除去房租和公交费，就已经所剩不多。所以，我们的晚餐通常是楼下小摊上两元一碗的米粉，不然就是用电热杯煮面吃。唯一的调味品是铃兰从家里带来的一大罐辣萝卜，吃面时每人夹一块，就可以对付掉一大碗清水面。

那时候，拮据的我们也没什么钱购置服装。但刚上班，总不能穿得太不像话。所以，一到周末，我和铃兰就一块儿去跳蚤市场淘二手衣服。在那里，只要有眼光有耐心，常常能花很低的价钱买到质地不错的衣服。但就是这样的衣服，我们也不敢多买，怕花光了原本就不多的生活费。

幸而我和铃兰身材相似，衣服可以换着穿，才避免了衣着单调寒酸的尴尬。

因为处境的窘迫，我的心情变得一天比一天沮丧。乐观的铃兰就常常开导我，她要我将自己想象成一块方糖，放入咖啡里，咖啡就不苦了，放进茶中，茶也变得甘甜。"只要自己足够甜，就能融进苦涩的生活里，让生活也变得甜蜜蜜。"铃兰笑着说。铃兰还常常安慰我，说其实我们的生活也不算苦，毕竟还有工作，有饭吃有地方住，比起那些食不果腹、风餐露宿的人来不知道幸福多少。铃兰说："我们应该学会感恩，不然上天看到咱们不懂得珍惜，就不会赐给我们更多的幸福了。"

于是，在那段困窘的日子中，我们便常常用感恩的方式来排解自己的怨艾情绪。哪天吃到了新鲜的蔬菜，买到了廉价的衣服，赶上了末班公交车，我们都感恩一番，乐呵呵地告诉对方自己有多幸运。有时候，辣萝卜吃完了，清水面实在难以下咽，我们就互相安慰："有面吃已经很幸运了……"

我和铃兰还约定一起学习，努力提升自己的能力。铃兰的英文不错，工作的单位又是外贸公司。于是，她决定从这方面突破自己。而我有一点写作功底，可以往文案策划方面发展。于是，每晚下班后，我们都趴在自己的床头桌上看书学习。我埋头翻阅策划类书籍，而铃兰则认真地背单词听英语，早晨还要早起半小时去公园练口语。日子在我们的努力当中变得充实起来，虽然困窘依旧，但却仿佛有了甜味……

如今的铃兰，已经成了一家外贸公司的业务经理，接手的都是千万元以上的订单；而我，也出版了多本属于自己的书籍。而每当回忆起刚毕业时那段苦涩的岁月，我的耳边都会回荡起铃兰曾经说过的话：

"将自己想象成一块方糖……只要自己足够甜，就能融进苦涩的生活里，让生活也变得甜蜜蜜。"

那一抹墨香

作者：十三夜

校园里的那座图书馆在夕阳的余晖中竟生出一丝圣洁来。

馆外，秋风缠绵了落叶，缠绵了少女乌黑的发和红嫩的脸颊，那纷纷扬扬的银杏树叶，随风而下，窸窣作响。一楼的藏书阁里那古老的书架上，排列整齐的是装订好的泛黄书页。那年代该是很久远了，翻开一页，似乎有一阵墨香扑鼻而来，思绪渐渐被打开……

"夫君子之行，静以修身，俭以养德。非淡泊无以明志，非宁静无以致远。"说不清是怎样的喜欢，且不谈《诫子书》中诸葛亮是如何希望儿子诸葛瞻能立志深远的，"淡泊"是一种古老的道家思想。《老子》就曾说："恬淡为止，胜而不美。"无疑，便是一种"心神恬适"的意境。

我想，似乎世界太喧嚣了，我们便会不由自主地去寻找心灵的那一丝安宁与归隐，去寻找属于自己的一份恬淡时光。于是，我便爱上了图书馆，那里有着不同于寻常的一份安静和一份闲适。

王维在《鸟鸣涧》中写道："人闲桂花落，夜静春山空。"那是一种超然脱俗之美，那花落得轻轻悄悄的，姿态蹁跹的。曹邺在《早秋宿田舍》中道："涧草疏疏萤火光，山月朗朗枫树长。"这颇有一种清新脱俗之意。白居易在《问秋光》一诗中言："身心转恬泰，烟景弥淡泊。"那是一种心无杂念，凝神安适，不限于眼前得失的长远而宽阔的境界。

"山不在高，有仙则名。水不在深，有龙则灵。斯是陋室，惟吾德馨。苔痕上阶绿，草色入帘青。谈笑有鸿儒，往来无白丁。可以调素琴，阅金经。无丝竹之乱耳，无案牍之劳形。"且不说当年的刘禹锡是如何被贬至安徽和州的，一篇《陋室铭》诉说着他旷达致远、不同流俗的可贵气质。

《诗经·邶风·静女》一篇更是将少女那姿态优美、身姿轻柔写得深刻传神。

"静女其姝，俟我于城隅。爱而不见，搔首踟蹰。静女其娈，贻我彤管。彤管有炜，说怿女美。自牧归荑，洵美且异。匪女之为美，美人之贻。"那种婉转流离、扣人心弦的美，让人无不为之动容。

思虑及此，我想我对于培根在《论读书》中所言"读史使人明智，读诗使人灵秀，数学使人周密，科学使人深刻，伦理学使人庄重，逻辑修辞学使人善辩；凡有所学，皆成性格"有了更深一层次的理解。

"诗"与"史"自古至今都是不可忽视的角色吧，其中所蕴含的智慧更是奇妙无穷的。至于何种智慧，只能由个人去体会了，"一千个人眼中，便有一千个哈姆雷特"，总会有不同见解的。

流年里，时光轻轻而逝……

捧一杯香茗，读几句小诗，就着轻盈的月光，就着书桌前的小台灯，静静地融入到那无穷无尽的意味中去，那精彩纷呈的世界中去。

从此，便爱上了静的闲适，爱上了那一抹墨香。

梦想是你的脊梁

作者：周海亮

　　小时候，我的梦想是当一名画家。我认为，只有画家才可以天天画画。稍大些时，我开始为这个梦想努力，似乎那时我所做的一切，都是为了将来能够成为一名画家。可是，对一个没有经过专业指导的农村孩子来说，想成为画家谈何容易？当我终于没能考上美术师范而不得不就读于一所职业高中时，我认为，我的梦想在那一刻随即破灭。我在高中度过了三年浑浑噩噩的时光，那三年里，我似乎将梦想彻底隐藏。

　　现在回想起来，其实只是我没有了继续画画的信心，而并非没有梦想。是失败让我变得更加"务实"，而那样的"务实"其实才是最可怕的。

　　毕业后，我被分配到一个山区啤酒厂，仍然浑浑噩噩地度日。一个偶然的机会，我认识了一位韩国商人。他在城市里开着一家很大的公司。在他的邀请下，我去了他的公司，从一名普通的工人变成一位白领。

　　新的梦想就是在那时候诞生的。必须承认，那位韩国商人颠覆了我的一些既成的人生观和价值观。那时，我不再想成为画家，而是想办一个属于自己的公司。我在他那里做了三年，然后辞职，并且真的办起了自己的公司。其实，很多人和我一样，梦想并非只有一个。在不同的时间、不同的背景，新的梦想随时可能诞生。一开始，我的公司经营异常艰难。那时候，我又有了新的梦想，就是可以天天有生意可做。后来，真的天天有生意做了。我又希望把我的公司做得更大，做成跨国公司。梦想在我这里不停地升级，我从中得到源源不断的快乐和动力。

可是，我逐渐发现我的性格其实并不适合做生意。尽管我努力使自己在生意场上左右逢源，但事实上，我骨子里是一位不愿意和别人打交道的人。或者说，我并不擅长生意场上的左右逢源，并不喜欢针锋相对的商场拼争。相反，我越来越喜欢安静，越来越喜欢一个人的独处。当我意识到这个问题以后，我有过一段痛苦的思想斗争。终于，在某一天，我下定决心，弃商从文。于是，新的梦想再一次诞生。把文章越写越好，把更多的好作品交给读者，成为我文学路上的唯一梦想。现在，我仍然在这条路上跋涉，很快乐，也很艰难。

既然旧的梦想可以轻易抛弃，那么，梦想还有什么用？当然有用。其实，不管你的梦想能不能最终实现，或者你会不会在某一天抛弃你原有的梦想，这些梦想都会给你的生活增加无穷的动力和激情。在我梦想成为画家的时候，我天天练画，我的每一天都过得充实和快乐。同样，在我梦想开一家自己的公司的时候，在我梦想把自己的公司做成跨国公司的时候，在我梦想可以出一部让自己满意的长篇小说的时候，我每一天都会努力。我们不一定能够实现自己的梦想，但是为了实现这个梦想，你必须充满激情、勇往直前。你靠着这梦想，才让自己站得笔直。你的这种状态才是最重要的，这是你的财富。

是的，梦想总会在前面等着你，它是你的脊梁，靠了它，你才能够站起来，才不至于倒下去。这与你能不能够将它最终实现，并没有太直接的关系。最后我想说，梦想不能够实现，真的并不可怕。因为你还会产生新的梦想。可怕的是梦想破灭时对信心所造成的巨大打击。有时候，这种打击才是最致命的。

去把世界当成一个球玩儿

作者：米丽宏

木心说："去把世界当一个球玩儿。"

把世界当球玩儿，需要一个居高临下的站位和庞大宽厚的背景。其实，我们也可以把自己的"球"当一个世界，舍外入内，忘我专注地玩儿。撇去功利，撇去沽名钓誉，撇去哗众取宠，玩着玩着，就会玩出一场愉悦的意外，一种美丽的陶醉。

当代画家黄永玉是一个好玩儿的老头。好玩儿，是他的标签。他说："我的创作，画画、写作，就是玩儿。"风靡网络的画家老树也说："画画，是好玩的事儿。"

好玩儿之间，出成就。民国时，与梁启超、王国维、陈寅恪合称清华大学四大导师的赵元任，被邀请出任南京大学校长。他回电："不干了，谢谢。"风轻云淡。不做官做什么呢？做语言学家、做音乐、做教授，而且都做成了。他精通汉语，能说各地方言33种，亦通晓英、德、法、日、俄、古希腊、拉丁等多国语言文字，堪称语言学大师。他精通乐理，创作了100多首歌曲和钢琴小品。他在清华大学开设数学、物理学、中国音韵学、普通语言学、中国现代方言、中国乐谱乐调和西洋音乐欣赏等课程，简直是全才。何以有如此成就？答曰："好玩儿。"

好玩儿，是一种活泼泼的人格。陈丹青说："鲁迅是百年来中国第一好玩的人。"我们读鲁迅的文章，感觉到的大多是冷峻、犀利和深刻，匕首投枪一样。而同时代的胡兰成却说，鲁迅在文字里装得"呆头呆脑"，其实很"刁"，他的可爱处是他的"跌宕自喜"。

这跌宕自喜，便是陈丹青说的"好玩儿"。即便写匕首投枪式的文章，也似乎有一种"玩"的姿态：懂得自嘲，懂得进退，放松，豁达，有游戏性质。

这玩儿，玩儿的是大格局。

如果把"好玩儿"缩小一点，放到一个人的个性里，它是一种生动的气韵，突破层层叠叠油垢一般的尘俗，伸枝展叶，绿意婆娑。

在《红楼梦》里，便有这样几个好玩儿的女子。贾探春，一个须眉气的女孩子，有点收藏癖，喜欢红泥做的小火炉什么的。所以，她巴巴地求宝玉的，是买回一点好玩儿的。林黛玉的玩儿法够奇绝，花落时节，竟扛了个小药锄去葬花。史湘云，玩儿得豪爽，喝醉了酒，在芍药花下大石上径自睡了；大雪天，拿铁架子烤大肉，被人说成乞丐还理直气壮地反驳。

她们几个终日生活在膏粱厚味的大观园，却各自保存着一缕真气，终比袭人、薛宝钗的正经八百多了一缕鲜活气韵。

男人也好玩儿。一个纷扬的雪夜，晋朝的王徽之从山阴披蓑泛舟过剡溪，去寻访好友戴安道。到了，却不会友，折舟回府了。人问其故，答："本乘兴而来，兴尽而反，何心见安道邪？"他做的这事，跟他的人一样好玩儿。大约那一路白茫茫辽阔山河，雪迎雪送，跟访友的意趣是一致的：都为好玩儿。

这玩儿，玩儿的是真性情。

困境中的好玩儿，则饱含着对世事的洞见和随性的豁达，是生命庄重的底色上，一抹绚烂花边。

　　苏东坡初贬黄州，与朋友出去游玩。出去时，有一项必玩儿的活动——"挟弹击江水"，该是我们幼时常玩儿的打水漂儿吧：拿一块小瓦片或者石头，抛出去，让它贴着水面一跳一跳地漂，激起一串串浪花！一个年过45岁、华发满头的中年人，还有更好玩儿的，居然用竹箱去装白云！一天，苏轼走在路上，看到白云从山中涌出，像奔腾的白马，直入车中。他打开竹箱，将白云灌满，带回家，再把白云放出，想看它们变化腾挪。他有这样的诗句："搏取置筒中，提携反茅舍。开缄乃放之，掣去仍变化。"到家了，白云"掣去仍变化"，是真呢是幻呢，还是他逗我们玩儿呢？

　　这玩儿，玩的是百千磨砺，童心一枚：不论外界环境如何，懂得生之快乐的真谛所在，懂得调度生活的愉悦。

　　还有一种好玩儿，超越了生死，以幽默的诙谐看待生命，很酷很超脱。勇士被砍头，左边脖子挨一刀，血流如注，又指着右边："来。这边再补上一刀。"黄永玉说："等我死的时候，请大家务必弄清楚我死透了没，不行就胳肢我一下。"

　　金圣叹受刑，头颅落地，耳朵眼里，滚落下两纸球，上面各书一字"好""痛"。刽子手又从金圣叹兜里搜出遗书一封，拆开查阅，上写："字付大儿看：盐菜与黄豆同吃，大有胡桃滋味。此法一传，吾无遗恨矣。"

　　也许就是这样，世界本身，有顺有逆，身处逆境，用好玩儿的眼光，去看不好玩儿的世界，世界也就好玩儿了。站高一点、远一点，像上帝一样看自己，看自己的处境，你的眼界也就高了，远了，辽阔了。

　　因为，好玩儿，它本身就是一种无比丰赡的人格。

我想有个菜园

作者：王福利

一场凉爽夏雨，再次洗去了从小城通向农村老家的归路风尘，也洗去了房前屋后瓜瓜菜菜上沾落的栖虫飞尘。

母亲想去商店买菜给我改善伙食，被我拦住了。看着那些疯长的曲曲菜从院旁菜畦一路长到了院里房檐下，水灵灵地摇闪着诱人的嫩绿；看着那一茬那么快又蹿出来的韭菜，畦间冒出的高大灰灰菜、粗壮马齿苋，也阻挡不住密生韭菜在雨水滋养中一茬又一茬地快速交替；看着遮蔽了半个院子的小蒲扇般层叶下一个个晃动的小丝瓜，鲜嫩得仿佛经不住手指的用力握碰；看着这些如此鲜灵的美味，还有谁能抵挡得住这样的诱惑？还有什么美食能比得上这些纯自然的健康绿色食品？

母亲和生活在小村的母辈父辈，早已对农家小院里自种自吃的健康生活方式习以为常；对于我，和我一样走出农村，在城市生活多年的人们来说，这样随吃随摘的生活现在已成为一种奢侈。总是幻想着退休后回老家小院的田园美景，在急切的盼望中，也曾想在城市里找到同样的感觉与收获。

那年，我和妻子决定去城区外开垦一小块儿农田。我们蹬着自行车，围着城区边缘绕着大圈，远远望着荒草漫洼里间或闪现的弯腰劳作的老人。这些闲不住的老人，也许是怀着和我们一样的想法吧？

经过实地反复考察之后，我们才发现稍微肥沃一点的荒地都已有主了，最后只好在一片水塘边的芦草地里开始了巨大的"开垦工程"。单靠手里这把锈迹斑斑的铁锨，在芦苇地里挖翻整平，难度可想而知。第一下铲下去，铁锨竟被交织如铁网般的芦根弹了起来。挖了没有 10 分钟，手上就起了两个大水疱。一上午累得手脚哆嗦、腰疼得直不起来，不知歇了多少回，才刚刚挖了桌子大小的可怜一小块儿。

每天下班后，就投入这种超负荷劳动中。用了一周多的时间，才开了一块比卧室还小的薄田。专门厚着脸皮去向市内一个公园的管理处讨要了些农家肥，用袋子装好，又蹬着自行车载到了田里。种下了从老家带来的青豆种子，又到水塘里一趟趟地提水浇遍每行种子，浇灌着和那些老人们同样的丰收喜悦。

有时间就去看看种子发芽了没有，顺便拔去新生的芦草，总是一次又一次地失望。终于有一天，一棵又一棵黄绿小芽顶着泛白的碱土冒了出来。短暂的喜悦过后，再过几天去看，又有一些耐不住盐碱地贫瘠的小苗日渐枯萎。尽管又弄来了一些农家肥想要挽救，还是不能挡住有些小苗的枯干。幸存下来的小苗，更是受到了愈加频繁殷勤的照顾。

一天天长高的豆苗，又伸出了小手般胖嘟嘟的豆荚。距离收获的日子越来越近了，第一次开荒的成就感愈加强烈。也是因为第一次开荒，不可预料的因素多得让人措手不及又无可奈何——荒洼里的野鸡、喜鹊也因这喜人的豆荚而兴奋不已，总是令人防不胜防地偷吃。我也不能、决不会采取诱捕、下药等方法去阻止它们，最后和妻子商量，只能采取提前收割的办法了。

　　专门买了把镰刀，像模像样地赶赴自己的小畦，仿佛一个正式农民投入到紧张喜悦的农忙里。还没尽情体会弯腰收割时的旧日回味，那么小的一块儿小畦就那么快割完了。一大抱豆秧上，挂着被野鸡、喜鹊吃剩的小铃铛似的胀鼓鼓豆荚，摘了竟也有半篮子。回到家，迫不及待地剥好，舍不得一次都吃完，捧出一把，洗净倒进锅里。又加了些大米，放入十多个刚从野地枣树上摘下的大枣。闻着满屋弥漫的香气，4 岁的儿子一个劲儿地催促："熟了吗？熟了吗？"总是挑食的小饭量的儿子竟然吃了两小碗青豆米饭，还要再吃。我怕他撑坏了，就拦着不让吃了。

　　这些年，每每想起昔日开荒的情景，想起那张小嘴吃得如此香甜的样子，总会感叹一番，也免不了泛起再次开垦一片小畦的冲动。这样的梦想，其实离我很近，却也那么难实现。

122

手指在背上舞蹈

作者：农秀红

"儿子，要睡了！"

听到妈妈的召唤，3岁的儿子知道，故事点播开始，他可以听妈妈讲故事了。

一般是讲过几个故事后，儿子会主动说："妈妈，关灯了，边听故事边抓痒痒。"

也不记得是从什么时候起，儿子睡觉时我就在他的小背上用手指轻轻地抓抓。儿子爱上了我的这个动作。自己温顺地像只小猫，慵懒地侧身睡着，等我的手指在他的背上舞蹈。

当手指触到那个小小的光滑的后背，我的手指头就轻柔起来。有时候，我在他的背上画直线，有时画圆圈，有时是点一点。很多时候，就是那么漫无目的地在他背上游走。我不会很用力，小家伙的皮肤那么嫩，连我的指肚都能感觉出它的细腻、温滑。想着那清清透透的蛋清，还有些水水的滑腻。而小家伙的后背，却是干爽的洁净的。这多真实啊，他就在我的手下，就在我的爱抚之中。心里知道儿子有多喜欢。借着窗外的月光，我看着他的满足的脸儿，知道他的心里定然盛满了他自己都不能理解的"幸福"二字。

就这么来来回回，原先他还张着的眼睛慢慢地合上了，他的睡意渐渐走上他的脸庞。仅凭手指——我的手指感觉到他的小身体安安详详，而我的耳边，渐渐也听到他的均匀的呼吸。虽然我看不到自己的表情，但知道心里是美美的，脸上肯定会洋溢着母性的光彩。

孩子是喜欢被触摸的。我听说有些孩子的皮肤是饥渴的皮肤。想着自己小的时候，是不是也曾得到过母亲这样轻轻柔柔的触摸？根据我的记忆，好像还真是没有过。如果有，我会记得。也许也跟那个年代关于爱，人们都不愿意表达出来有关吧。

儿子很小的时候，我就知道他懂得享受，他常常是无所顾忌地享受我的爱。我想教他怎样去享受生活里的每一天，让他学会爱人的同时，也把自己的人生过得精彩。

我看过一本书，说是孩子睡前不应该给他们养成这些不好的习惯，不然，他会很依赖妈妈。如果哪天情况有变，孩子还会哭闹。我想，作为母亲，要的不就是孩子的依赖吗？所以我对孩子说，只要你乖了，妈妈才帮你抓痒痒。儿子懂我的话，便很听话。我轻而易举地将它当作一项奖励措施。谁说小孩子就不需要奖励了呢？有了奖励一说，相对就有不乖的惩罚，孩子自是不敢吵闹。后来我发现，孩子和爸爸在一起时也非常听话，哪天我有事不能陪他睡，他同样高高兴兴地与父亲睡，没半点不乐意的情绪。

"妈妈，我痒痒！"是儿子脆脆的童音。他很自觉地就把衣服撩起来了。我知道他并不痒，真痒的话，他等不及的。他现在只是等着我，眉头也不皱一皱，自己也不抓一抓。

但我的手指开始忙活起来，快活地。

你要向前走

作者：知非

我看着手里打印好的照片，不讲这张照片的构图、色调是否合理，它甚至并不清晰，但我一眼就认出那个背影，在医院门口的人潮里并不出众显眼，但感觉得到这个背影的主人公向前的脚步很坚定。

五中很偏，建在城市一个未开发的新区。出了校门，看到的只有空旷还未修好的马路和几间低矮的平房。一周回一次家的寄宿生活把我和流光溢彩的城市隔开，在学校每天过宿舍、教室、食堂三点一线的生活，重复，麻木，跳不出。老师告诉我，要想提高成绩，那就去"刷题"。好，那我就把头埋进题海，去相信"知识改变命运"。我执着于弄懂一个公式的定义、一个介词的用法、一个方程的解答，觉得好像明白了这些，我就能离那个所谓的"好命运"近一些。可是，到底什么才是真正的"好命运"呢，我不知道。

上个学期一个周五，爸爸来接我的时候告诉我，妹妹住院了，心肌炎，不严重，但要住至少一个月的院。我要来爸爸的手机，在上面搜索"心肌炎"，一些负面的回答吓得我赶紧把手机锁屏。

我不喜欢医院，小时候不喜欢是因为去了那里就要打针，现在不喜欢是因为我受不了那里的气氛。走廊里每个人只静默地走，尽量克制自己不发出大的声音，因为医院随处可见"静"字，红色的大字压在上嘴唇，根本讲不出话。

病房倒不太一样，尤其是儿童病房，最里面那张床的小孩子不知道怎么了，哭个不停。隔壁床的小男孩倒是不受影响，专心看电视里的小猪佩奇和小羊苏西打电话。妹妹的邻床来了很多亲戚看望，一群人都坐不下。其中一个阿姨想倒水，暖瓶底却戏剧性脱落，瓶胆碎了一地，所幸没烫到任何一个人。大家手忙脚乱地一起收拾，病房里就更热闹了。我进病房的时候，恰好看到这一幕。我没多看，立刻转头找妹妹，看到她躺在床上翘着脚吃零食，对着我没心没肺地笑。我拿了病历仔仔细细地看，辨认了很久医生潦草的笔迹，看清楚后终于相信妹妹没大事，松了口气去和妹妹抢零食。

病房太闷，我去楼梯间透气，看到昏暗楼梯间有几床褥子，分散地堆在几个角落，这是给病人守夜的他们在寒冷冬夜里唯一的庇护所。隐约听到有人在打电话，"妈，没事，还有钱，别担心了，囡囡和我都挺好的。您在家照顾好自己就行了，别担心我了。"我走出楼梯间，在走廊看到一个男人出来，记起之前在楼下看到他狼吞虎咽地吃了两个馒头后紧了紧棉衣，走进医院大楼。当时的我鬼使神差地拿起手机拍下他的背影，没想到会再遇见他。

回家后，我站在房间的窗边，暗暗思忖我想要的"好命运"究竟是什么。当我终于离开五中那个偏僻的地方，看平地而起的高楼大厦，看五光十色的霓虹灯火，明白灯红酒绿是一种生活，庸庸碌碌是一种生活，为了生计四处奔波也是一种生活。我们都被推着向前走，被感动，被热爱。我从来都不认为，财富的多少可以把命运划分成不同等级。我很感谢在医院看到的那个父亲，他教会我要认真努力地活在当下，要愿意为了责任，为了热爱，为了梦想，继续义无反顾地向前走。后来，我把在医院门口拍下的那张照片打印出来，压在书桌上铺着的塑料布下面，用它提醒我，日复一日地刷题是为了什么，为什么要考上好大学。用它提醒我自己，"前方"在哪里，我当下一直为之努力的前方，就是我想要的"好命运"。

"哎，你也真是够了，这张照片这么模糊，你也好意思摆出来。"坐在前面的韩依依看到那张照片，笑着调侃我。我停下写作业的手，抬头对她笑笑。她吐吐舌头转回去，我低头继续写作业。现在是午自习，但是班里很吵，周围的同学相互嬉笑打骂，全然不像高三备考的学生。

我戴上耳机。化学作业马上就要做完了，在配平一个氧化还原方程式的时候，瞥到那张照片后分了神，注意力放在耳机里正在播放的歌上，其中有一句歌词是："我会找到自由。"

布衣英雄

作者：凉月满天

正在开会。我们这里是禅宗最大的一支——临济宗的祖庭，所以开的就是临济文化研究会。本地宿儒全部到齐，依次发言。我一边听一边惊叹："不得了，这些老头子都成了精！"真的，别看这些老先生拎着黑色人造革旧皮包，穿着灰扑扑的中山装，满脸皱纹，老旧如土、如陶，没想到一个个口吐莲花，满腹经纶。

中午吃饭，挨个敬酒，连称"先生"。一个男人，四十来岁，语不出众，貌不惊人，席间很安静，举杯喝酒，动筷吃菜，一切都在沉默间完成。我听人毕恭毕敬叫他"梁先生"，心里有一丝微微的不屑。"先生"这个词，是随便什么人都能叫的吗？这个词很高贵，它所代表的生命个体必须是温文尔雅，口吐锦绣，饱读诗书，文质彬彬。我决不认同所有男人都是"先生"。

可是，等听完他的故事，我开始比谁都抢着叫他"先生"。

二十多年前，他还是一个普普通通的热血青年，埋没乡间。在人们印象里，农村很苦，农村太穷，农村人特别愚昧，农村人不会拿钱买一本书来看，只肯用它来对付柴米油盐。但是，一个人的出身无法选择的同时，对出身之地的感情也不受外来因素的影响。即使淡漠如我，早早离家，到现在魂牵梦萦的，还是老家的土墙，坯屋，哞哞长叫的老牛。一匹惊马在村子里踏踏奔腾，蹚起一路烟尘，小孩子吓得紧贴墙根。老羊倌赶着一群羊回来了，反穿老羊皮袄，把自己搞得也像一只羊……但是，深爱如此，却从未想过要给生我养我的故乡写一部历史，太难。

你知道中国到底有多少个农村？到 2004 年底，全国共有 320.7 万个村庄，要给其中的三百万分之一修史立传，资料从何而来？老人相继下世，新生代一心向往外面的花花世界，还有几个人对家乡历史念念不忘？就算历史典籍浩如烟海，又有几点笔墨能够惠顾到一枝细草上？

但是，凭着典型的书生意气，这个人开始了漫长的修村史的过程。

我们的文化馆里有一整套的《二十五史》。无论是工人、农民、学生、干部、孩子、老人，所有来看书的人都不会对它们瞧上半眼。书把自己等老了，也等来满身风尘，终于等来一个知音——他来了。可是，时机不对，炎炎盛夏，没有空调，房间正中悬吊着锅盖大的风扇，一开就像春天的扬沙成阵，搞得他衣履光鲜地进去，灰头土脸地出来。一本书一本书地摸过，一个字一个字地筛选，到最后能找到的资料还是少得可怜。偶然听说荒郊野外有两块石碑，碑文和村史有关。他马不停蹄地赶去，时机又是不对，一块已经砌了人家的猪圈，一块残破不全，荒凉地立在乡间。严冬腊月，天冷，人冷，手冷，手里的圆珠笔也害冷，都写不出字。搞得他没办法，只好善加抚慰，一边咚咚地跺脚，一边把笔放进怀里去暖，暖一暖，写俩字，再暖一暖。

蒲松龄为写一部《聊斋志异》，到处采风，然后"恭录异文"。"异文"一定程度上是好写的，因为它可以天马行空。但是，历史不好写，需要去芜存菁、去假存真。这对一个生性内向的人来说，需要上山下乡，钻墙觅缝，遍访人群，更是一个艰苦浩大的工程。

20 年的研究和积累，5 年的伏案与疾书，成就一部没有销路的 35 万字的村史。假如把这些字全换成时尚文字，那得赚多少钱！

说他没赚钱也不对。书稿完成，村干部高兴坏了，一定要给他开稿费：5000 块钱。"嘿！"我摇头叹息：这笔账怎么算？从青葱岁月写到人到中年，从赤日炎炎写到数九寒天，从第一个字写到第 35 万个字。青春、岁月、健康，就等于 5000 块钱。他却生了气："你给我钱，这不是在打我脸？这样，"他想一想，"假如你一定要给的话，你算算咱村里一共有多少五保户、军烈属，替我把这笔钱分给他们，叫他们过个好年。"

我低头喝茶，说不出话，浑身像扎了刺，臊烘烘地热。只说现代社会利益当前，厚黑盛行，失望之下，一个劲躲进书本，揣想前贤，没想到贤人就在身边。

古希腊哲学家朗吉努斯的《论崇高》里有这样一段文字："天之生人，不是要我们做卑鄙下流的动物。它带我们到生活中来，到森罗万象的宇宙中来，仿佛引我们去参加盛会，要我们做造化万物的观光者，做追求荣誉的竞赛者。所以，它一开始便在我们心灵中植下一种热情——对一切伟大的，比我们更神圣的事物的渴望。"

是的，渴望。这种渴望造就了一个又一个民间英雄，历史上的英雄人物如同沙中珍珠，粒粒可数，光可鉴人。而这些布衣英雄虽十分平凡，走在人群中毫光不现，但却在数十年的风尘中磨砺出熠熠闪光的灵魂。它会让人一边布衣蔬食，挣扎生存，一边怀着超现实的心情行走街头，就像行走在高亮悠远的云端。此种意境恰合才子唐伯虎的一首诗："一上一上又一上，一上直到高山上。举头红日白云低，四海五湖皆一望。"

早安，追梦人

作者：露西小鱼

晚安，属于做梦人。早安，属于追梦人。

让青春吹动了你的长发，让它牵引你的梦，

不知不觉这城市的历史已记取了你的笑容。

红红心中蓝蓝的天是个生命的开始，

春雨不眠隔夜的你曾空独眠的日子。

不知多少个清晨，伴着罗大佑《追梦人》的动人旋律，清晨追梦人点亮充满希望的每一天。没有留恋床的温暖，没有不舍梦的奇幻，而是看着时光渐渐远行的背影，他们对自己大声说"你是最棒的"，然后毅然去迎接这个安静城市四点、五点、六点的阳光。

有的人被闹钟惊醒，有的人被早餐叫醒，还有的人被梦想唤醒。不管怎么醒，心甘情愿、拥抱生命里每一次的清晨，是最不辜负自己的打开方式。

一杯温水，一个本子，一支钢笔。让温水潺潺渗入心脾，开启每个细胞的源源动力。让本子翻去昨日烦恼，打开今天充满期待的未知领域。

让钢笔书写梦想计划、践行日记，再用每一步都算数的汗水镌刻青春的刻度。

清晨的时光，有时像条记性不好的金鱼，它忘记时钟嘀嗒的提醒，会轻易沦陷在一本好书的知识海洋里。有时又仿佛一场意志的修行，那根根紧致饱满的肌肉线条，正是用每天不懈的练习雕刻打造。它更像一个怀抱钻石的吝啬鬼，决不给懒惰沮丧施舍一丁点儿闪闪发光的希望。

人的一生很长，不甘心只有一个梦想。可大多数人，总把上班上学当作实现梦想的唯一出路，只有在早上和被窝告别、晚上和手机做伴时，才发现原来自己的梦想只不过是八小时之外的安逸迷茫。

还好有不平凡的极少数，愿意用清晨一声心照不宣的打卡问候，交流第一缕阳光的温度、第一声鸟鸣的力度、第一滴露水的饱和度，把它们调配成真正深思熟虑的梦想，埋进时间的土壤，用自律呵护成长。即使别人嘲笑他们不切实际、一时疯狂，也不会熄灭来自心灵深处暗涌的热流滚烫。清晨追梦人，不论梦想在何方，都拥有同一个频率的坚持和倔强。

133

清晨虽短，梦想绵长。一个清晨不够，还有一百个清晨默默等候。每一分钟与时间的赛跑，都是和生命最投入的拥抱。

当夜幕降临，华灯初上，漫天繁星烘托月光，再品一杯加了信念的温水，用坚定的钢笔写下或流畅或曲折的追梦故事。当合上沉甸甸的记事本，抬头看天，真的可以发现星星的眼睛。很久以前的光，依然清晰明亮，就像清晨的梦想，虽然需要等待漫长，但充满温柔坚定的力量。

晚安，星空广场，请尽情造梦。早安，月淡风清，日出印象，圆梦好时光。

第六章 ——

梦开始的地方是你的起点

可是，我们不要忘记，我们生来都是空白的肉体，没有努力就没有拥有。

渡梦之舟

· 作者：赵悦辉

倒退多少时间，我都不会相信今天的我会爱上创作！

小时候，看到电视上的演员，我梦想着能够像她们一样做个大明星，在荧屏前，穿着古代美丽的罗衫，佩戴着漂亮的配饰。可是，时间可以改变很多事情，更何况我心中的小小梦想呢。

我开始创作并没有多少时间，看小说都是从高中开始的。只是每部小说都会带给我些许遗憾，所以才会想到不如自己创作。

不仅如此，自己也有太多的心情想要记录。现在想想，那时候的自己真是自不量力，没有任何经验，没有导师，就想着要写文章、小说。

可是，我们不要忘记，我们生来都是空白的肉体，没有努力就没有拥有。

《寂寞的枫林》是我的第一部作品，一首300字的诗歌。虽然它很简单，虽然它不是一部能让人赞叹夸奖的作品，但它是我走上文学之路的起点，也承载着我的感情。

和《预见遇见》杂志的相遇，是我生命中最美丽的意外。当然，向

《预见遇见》投的第一篇稿子就是《寂寞的枫林》。这首诗歌，我找很多人指导过。我希望这首诗歌能变得更好，更像一首诗！后来我渐渐知道，作品是自己创作的，感情也是从自己身上迸发出来的，让别人改文就会让文章变了味道，感情也变了格调。

　　自己写出来的东西或许不是最好的，但是感情确实是最真实真切的，也是最容易让人感动的。写不好可以慢慢练，罗马也不是一日建成的。或许我的心还太过稚嫩，或许创作这个词对我来说还是太新，多少有些急于求成，完全没有考虑到自身的能力。

　　《寂寞的枫林》通过终审，让我乐开了花。我无法形容当时的心情，甚至跟组长通了语音来表达我的兴奋，因为我的手是颤抖的。

　　有了这个鼓励，我又一鼓作气地写了《远去的烟杆》。这篇文章是写给故去的爷爷的。爷爷出生于1916年，到2015年正好是99岁。《远去的烟杆》有祖孙的亲情，有我对爷爷的怀念，有我童年最美好的回忆。

　　第二天是我的生日。一大早，我醒来就看到文章通过终审的消息。我兴奋地跟他发了语音，喜悦之情溢于言表。

　　我热爱偏执的文字，有些事情或者别人不懂我，但是我写下来的文字一定有人懂。人一生知音难寻，在文字中更容易找到志同道合者。

　　热爱文学当然不止这一个原因，后来写过很多文章，有的没过终审，有的过了终审没收录杂志，有的过了终审收录杂志。日子有了期待，虽然有时候有喜有悲，但也让我感受到一个精彩的人生旅程。

曾经我怀疑自己是否真心热爱创作，为了什么而创作？为名，为利，还是为了满足自己的虚荣心？或许都有，又或许都没有。

我只知道我对于创作不是三分钟热度，我想过，如果可以，我想一直写下去，哪怕不会发表，只是给自己看，也是以后我回忆人生时的一道风景。

也许我也会停笔，因为我的生活已经没有了感动和波澜。

作品是笔者的孩子，应对其珍藏，爱护，铭记……直到永远！

"有一条小小的船，漂泊过东南西北，西北东南，承载了多少憧憬，承载了多少梦幻，来来往往，不牵绊！春去秋来，时光荏苒，美丽的小船，不复昔日的光辉灿烂！何处是我停过的边岸，何处是我停靠的港湾？"用心创作，把感情变成文字，文学梦之舟，终航行万里！

138

残梦

作者：王维新

环保问题受到人们普遍关注，这是因为谁也不想在恶劣的环境下，使自己的健康受到影响，甚至生命受到戕害。但是，在实际的工作和生活中，高唱环保口号的人多，身体力行的人少。这种只挂在嘴上，并没有落实到自己的行动中的环保，只是一个装潢门面、用来教育别人的口号而已。

有一天早晨，我在去上班的途中，在我前面的人行道上，走着一个十二三岁的小男孩，戴着红领巾，背上背着书包。我只看到他的背影。在他前面的路上扔着一个饮料纸盒，并不是他扔的。可是，这个小孩子跑过去，把纸盒捡起来，扔进了较远处的垃圾桶里。他是个孩子，他的这个举动让我感到他的可敬可爱。如果人人都像他那样，用自己的实际行动，保护我们自己生存的环境，美丽中国就会更加美丽，环保世界就会更加环保。

可惜，我们一些成年人却往往做不到这一点。在地铁上，经常会看到穿着时髦的人，把自己吃早餐的生活垃圾随手扔在了车里，脸上连一点愧色都没有。和这个孩子相比，难道你就不害臊？在一个公司里，几乎人人是领导，一个比一个职位高，一个比一个学历高，一个比一个会讲漂亮话。可是，我们的洗手间常常是一片狼藉。负责清洁的阿姨把里面收拾干净，不一会儿又一塌糊涂了。本来放有专门倒茶叶的筛子和水桶，有人偏偏把茶叶倒进洗脸池，堵塞了下水道。其他的垃圾乱扔，就更别提了。这种人好像跟这个地球有仇似的。

　　有一位职位相当高的领导和我出去开会。走到半道上，他竟然顺手把烟盒扔在了干净的马路上。有一个穿黄马甲的老太太跑过来指责他，让他捡起来。他怒目相瞪，不但不捡，还吓唬老太太说："你知道我是谁吗？你知道我是谁吗？竟然敢这样和我说话，我看你活得不耐烦了。"老太太也不示弱，手叉在腰上和他吵："我怎么不知道你，你是一个没有社会公德的人！你能把我怎么样？明明是你错了，还这样凶巴巴的。"这时候，围上来不少人，大家都谴责他的行为。我感觉脸上发烧，赶快替他捡起烟盒扔进垃圾车里，向老太太道了歉，拉上他钻出了包围圈。从那以后，他如果喊我出去，我都找借口推托，我感到他的人品、他的做派和他在主席台上大讲环保的重大意义和历史意义，给他的下属提出要求的行为大相径庭，简直就是绝妙的讽刺。

　　环保需要我们说到做到，需要从我做起，从一点一滴做起。每当我懒惰的时候，每当我想把垃圾随手扔掉的时候，我就想起那个可爱的小孩，他用自己的行动教育了我们这些成年人，他在我们面前就是对照检查的一面镜子。向行动者致敬，保护环境就是保护我们人类自己。

　　当晚，我做了一个美梦。我梦见祖国到处是一片蓝天白云，没有阴霾，没有垃圾，到处绿草茵茵，清水潺潺，花香阵阵，笑声朗朗。

有关子木的故事

作者：王海燕

话聊开了，我和他就像两个酒鬼把酒喝欢的时候，从怕喝到主动要酒喝。

要不是那晚 10 点，他打我电话，询问是否安全抵达旅舍，我和他基本就是早上道个好、晚上道个别的关系。他像山林里葱葱茏茏的树，丝毫不引人注意。

清风抚琴，明月照人。寂静山林里，只要一开口，就能听到自己的回声，还有别人的故事。

我很难相信，眼前这个坐在阳光里看电子小说、戴着耳机的青年身上居然有着一些传奇的色彩。

两年前，他开始一场毕业旅行。一个人从云南的大理出发骑行到西藏拉萨，路程近 2000 公里，历时 20 多天。他讲路途经历的时候，我不由得想到去西天取经的唐三藏。我搞不明白，是何种勇气和力量鼓舞着这个"90 后"在冰天雪地里骑行，毫不退缩。

他讲述他在旅途中发生的许多故事。他会和种青稞的藏族群众聊一上午有关庄稼的事；他一路上都看到虔诚地往拉萨朝圣的信徒，他会向他们请教藏传佛教的一些知识。我在他拍摄的相片中，看到信徒们圣洁质朴的表情和笑容。

给我印象最深的是他交的"好运"。他在快到西藏的一个湖边，遇到一个来自广东的女学者，50多岁。她居然在他就读的大学任教过，还和他的导师是好友。他出来时还没有完成论文，因为认识了他的贵人，得到了指导，论文答辩顺利通过。他说，这比中500万彩票还要开心。

他留在山里清修的故事更让我拍案称奇。原来，他并不是这儿的老板。四个月以前，他辞掉在深圳的工作来庐山旅行，入住这里，认识老板，非常投缘。于是，他就答应帮老板做义工，帮忙几个月。因为当时老板要去深圳照顾刚出生的孙女，老板的儿子、儿媳妇工作都特别忙，于是他在这里学会烧饭、做菜、管理，每天重复着这些在我看来是比较单调的事情。客人们早出晚归，只有打扫卫生的玲姐陪着他。玲姐50多岁了，我每次出门，都看到她一个人专心地纳鞋底。

我问他："你不觉得闷和寂寞吗？"

他笑了："一个人动得久了，就想安静下来。我觉得，这样平静的生活很好。"

"你不会学陶渊明，在这儿做隐士吧？"我问。

"当然不会。我大学毕业才工作两年啊。我还是要回深圳去，重新工作。不过，我已经答应老板，帮他忙完这个旺季再下山。"

我不想用高尚、纯粹、自由、丰富来形容这个一直在帮我拍照的年轻人。我只想说，他让我重新认识"90后"这个青年群体，重新认识旅行的意义。没有人能够回来告诉我们前面的路，那要去发现，我们还是要自己启程，我们得自己去走。

很喜欢和他聊天，以至于忘记时光的流转。一个三毛，一个藏传佛教的话题，就可以把我的身体像吸铁石一样牢牢吸住。我在他接客人电话的时候，逃出来收拾行李或者灌开水。离开旅舍变得特别艰难，这在以往的旅行中是少有的。

"你害不害怕客人粘你的？"刚刚，我临走前问他。

"不怕。习以为常。遇到特别投缘的，其实我只要花两天左右的时间，就可以把他（她）人生故事的精华部分分享完。"他说得轻飘飘的，仿佛带不走一片云彩。

"你不当作家可惜了。也许我以后还会来庐山，特别是打算写大部头作品的时候。庐山是个有仙气的地方。"我说。

"玲姐要喊我烧菜了。"他和我说抱歉。

"去吧，我也该出门了。"我笑了。

阳光下，一丛丛秋海棠正在庭院里开得红火，蜜蜂们忙碌地工作着。阳光从树叶中漏出来，在地上形成一幅幅光影交错的抽象画。

他叫子木，湖南人，在深圳工作。他答应明天和我告别时一起合个影。

我走在路上，走出好远，才发现自己在山上必备的观光旅游车车卡丢在旅舍里了。

愿做一朵朝开暮落的花

作者：季宏林

　　木槿花开的时候，正是烈日炎炎的夏天。一枝枝细条子齐刷刷地伸向天空，枝上欢快地结着繁密的艳丽的花朵。

　　小时候，我的老家还是一片土坯房，一户户房屋建在狭长的弯弯的河堤上。远远看上去，就像天上落下的一条长龙，卧在波光粼粼的河面上。每到梅雨时节，那大雨一阵接一阵没完没了地下。被雨水冲刷下来的泥流，像一条条黑色的蛇在快速地游走。暴风骤雨过后，屋墩上留下千沟万壑，连虬曲的树根也裸露出来，那样子简直惨不忍睹。

　　一天，上初中的姐姐兴奋地抱回来一捆枝条。每根枝条有一尺来长，光溜溜的，散发出辛辣的气味。有的枝条还残留着一两片叶子，弱小得寒寒瑟瑟。我和弟弟散开枝条，姐姐则顺着屋墩的腰际插上一根根枝条。过了一段时间，再看那些枝条，它们长得可顽皮了，茎干的上上下下，斜生出许许多多细细的枝条，绿叶中还藏着一枝枝粉红色的花朵，很像傍晚时分滞留在西边天空的彩霞，让静默、黯淡的乡村一下子亮丽了起来。我这才明白，原来乡村的日子同样也可以过得灿烂，只要我们的心底始终保留着一抹亮色。

也就是从那时起，我认识了木槿花——一种充满乡土气息的花卉，也知道了它还叫作篱障花。

到了次年，木槿越发显得气势不凡——由原先的稀稀疏疏变成一道密不透风的篱笆。以后即便是大雨滂沱，也不用担心泥土的流失，果真应验了"兵来将挡、水来土掩"的那句老话。

木槿花有单瓣，也有复瓣、重瓣。从前的木槿花多为单瓣，形状像喇叭，颜色或纯白，或粉红色。特别吸睛的，还是喇叭底的一点绯红或紫红，犹如仕女眉心的一颗朱砂痣。一根粉嫩的金黄色的花柱，正从那花心深处悄然探出头来。

木槿有着浓浓的烟火味，就像乡下人一样质朴无华。农家喜欢用木槿插在菜园地的周围，扎成一圈封闭的绿色的篱笆。自从有了这道屏障的隔绝，鸡、狗、猪等只能望而却步，一畦畦碧绿的蔬菜便可安然自在地生长。

离开家乡后，也就告别了木槿扎成的篱笆。好在城里也有木槿，它们蓬勃地生长在公园、湖边，花繁叶茂，自成风景。如今，它们更多的是用作绿化，美化城市的环境。我有时路过那里，有时特意去探望，静静地站上一会儿，看一看婆娑的枝叶，嗅一嗅淡淡的花香，眼前又浮现出抱着枝条的姐姐、老屋后摇曳的木槿和耀眼其间的花朵。

去江南，在一处不起眼的角落，我遇见一丛木槿花，顿有一种"他乡遇故知"的亲切感。然而，在大多数情况下，它甘做风景里的配角，衬托奇花异草的尊贵，映照亭台楼榭的典雅。但是，它的坚韧，它的质朴，它的旺盛的生命力，却是平常的花儿无法比拟的。

木槿花，缘何称作朝开暮落花呢？原来，它枝上的每一朵花早晨盛开、傍晚闭合，接下来便会枯萎、凋谢，紧接着便有一枝枝新生的花朵绽放，从夏延续到秋。所以，它给人一种总也开不败的感觉。一朝一暮，一开一合，在短暂的时光里，却释放出生生不息的力量。这或许就是所有生命繁衍、生息的智慧和密码。

木槿花是一种古老的花种，弥散着千年不变的芬芳。《诗经》中写道："有女同车，颜如舜华。将翱将翔，佩玉琼琚。彼美孟姜，洵美且都。有女同行，颜如舜英。将翱将翔，佩玉将将。彼美孟姜，德音不忘。"舜华，舜英，指的是木槿花——貌美如木槿花的女子，美丽的容颜，端庄的仪表，美好的品德，如此超群出色的美女，怎能不让恋人看在眼里、喜在心头。

在我的印象里，花一般是用来欣赏的，能作为美食的花少之又少。然而，木槿花就是一道特色美味。木槿花可以清炒，可与其他食材合炒，也可以余汤。暴腌的木槿花，色泽鲜润，清脆可口。

木槿花的花语：坚忍，永恒的美丽。不择生存的环境，不畏烈日的炙烤，不恋尘世的浮华，以坚韧不拔、生生不息的姿态拥抱朝阳，这是一种超凡脱俗的大胸怀、大境界。我愿做一朵木槿花，一朵朝开暮落的花。

见与不见的日子

作者：张海英

行走在熙熙攘攘的人群里，总要不断地告诉自己，这个世界是美丽的，有那么多美好的事物，那山，那水，那人……怀一颗安静而恬淡的心，行走在人生的道路上，泥泞也好，坎坷也罢，都是上帝赐给我最好的礼物。有起伏跌宕，才有丰厚圆满，感谢生命所有遇见。

然而，许是自己定力不够，抑或是修行不够深厚，终有一日，心在一而再的煎熬中，无可救药地狂跌至谷底。人的忍耐力会有多少？自己也很模糊。一句话，就可以引发内心的轰然坍塌，想想是不应该的。但是，那些失望和冰冷日积月累，却让心也渐渐不堪了。

总是在心生凉意时，渴望一丝温暖。痛了，便在远远近近的风雨里守望天晴的日子。前几日，好友说回娘家帮忙打扫时，发现我们十几年前的照片，心立刻就暖了起来。十几年的友谊，如那张照片一样依旧保存着，虽不是日月相见，却依然息息相通。人生不过百年之内，尚有一个人远远地陪伴着，这是多么难得啊！

意会心知的情意，从青葱到锦瑟年华里，一直延续着。那久别相见时的暖暖一拥，万千情意便在瞬间交流传递了。说着学校宿舍里搂着胳腋相伴而眠的趣事，便有热烈自心底滚滚而来。很好了，岁月深处还有一份如此纤尘不染的情意。在红尘牵绊时，在凄风苦雨中，即使什么都不做，想想她一直都在，心也是温润的了。

在这心生苍凉的时刻，仍能感知到丝丝情意脉脉传递。谢谢你，如我一样，珍视珍存着这份情谊。不要说这是前世的缘分，仅就今生，你也是我不能割舍的情怀。

走出校门后，有一段日子，我徘徊在自由写作与体制内之间，是一位友人给了我莫大的鼓励："做你想做的，无问西东。"只简单几个字，立刻在我面前展现出一条宽广的道路。是呀，还能有什么比做自己喜欢的事更幸福呢？想那路边定是郁郁葱葱，繁花似锦。我还是走到写作这条路上来了，因为喜欢，所以没有觉得辛苦。

父母当然是不同意的。我坚持写作，用赚稿费的方式养活自己。起初只够吃饭，后来可以穿暖，甚至负担得起小平房的房租。再后来，我可以带着多余的钱，去看北国雪飘，看江南烟雨。在黄山上，我欣赏到奇特的日晕。在西子湖畔，我兴奋地随着音乐喷泉大声尖叫。手里握着的是初心不变，心里流淌的是热血沸腾。足够了，我愿意这样走完一生。我知道，终有一日，我会带上父母，陪他们看晨钟暮鼓，海上日出。他们也会笑着对我说："还好，你坚持了自己喜欢的事。"

生命里，总有一些人，在某一段时间，镌刻在生命的痕迹里。可以同哭同笑，可以敞开心怀，可以肆意妄为，是风雨拆不散的会心，是经久磨不去的灵犀。是风雨相惜，不离不弃，是无论千山万水，仍可感知的点点真情息息传递。感谢生命里的朋友们，岁月那端，有你们浓浓的暖意，迎面而来。在我无助和迷茫的时刻，一个问候，一声祝福，在我这儿，就如甘霖了。

时光的深处，一直有我深深的祝福，见或不见的日子里，幸福，平安！

银杏

作者：成秋菊

　　秋天到了，银杏开得正盛，黄叶满地。风一吹，暮霭沉沉的秋色凸显。杲杲日出后，葳蕤的树冠透出一点点闪烁的光圈，将飘落到地上的落叶映衬得发亮，一层又一层地叠加，形成深浅不一的黄，在高远天空下，成一幅静谧油画。

　　乡村的秋，变得更安静了，有了传统意义上秋的样子。

　　村中零零散散长了不少银杏树，但枝干都比较小，果熟后到集市上出售，能卖个好价钱，也不需要特别施肥。

　　最苍劲的当属翠奶奶家那棵，长在河岸边，树干龟裂，亭亭如盖。下了一场雨，落一池黄碎。河面飘零的叶片，像小船荡开，时有老叶落下。碧水蓝天中，一池秋水煞是好看。

　　从栽种到大量结果，需要 20 年左右。每年采摘季，翠奶奶家那棵硕果满枝，躺在厚厚的、黄澄澄的叶片间，圆润的果实憨态可掬。在阳光照射下，颗颗皆秋色，叶叶迎落晖，沉甸甸的果实将秋天收获的美意囊括其中。这些也是历经数年，千锤百炼的时间沉淀，多了份厚重。

我们喜欢在银杏树下走，沙沙的踩踏声很轻柔。若不小心踩到腐烂的果子，心里便会咯噔一下。自然规律下有关飘零跟萧瑟的诗句，都是人们随心情起伏，因咏物拟人的需要而杜撰出来的。银杏不管这些，它只管追随落叶归根的法则，顺应秋的节气的变化，像蝴蝶一样翩然飞舞，落下的果、叶渐渐掩于尘土。

人在树下走，好像经过一场时间的洗礼，银杏撑开的目之能及的天空是我们能接近的最远的秋了。

幼时的我们喜欢趁大人不在，用很长的竹竿去翠奶奶树上打白果，兵分几路，专人放哨。将两根竹竿捆绑在一起，树顶部的银杏果，阳光光顾多，雨水惠泽，往往果实微黄，更饱满鲜美，撩拨得我们垂涎三尺。

整体扫一下，对准重点区，闭眼狂挥一通，才能不错过任何可能性。"呀呀呀呀呀……"念念有词，脚紧紧粘在地面上，屁股被扭着的腰带动着，第二天都会酸疼。黄叶簌簌而落，白果砸下，激起一个个小坑，陷入腐叶中透着光亮，一眼能辨明是新果。

捡果实的伙伴一拥而上，肥大的外套边角掀起来，将果实重重掷到临时兜起的包里，而后四处张望，心不再平静，蹦着跳着，应着这纷纷落地的白果节拍。

采摘完毕，径直走到屋后，用青瓦片跟红砖块支起简陋的只有一处侧面敞口的"小灶"。白果置于最上层薄瓦片上，用另外一瓦片盖住。拿来干燥碎叶生火，屋后的小树林腾起了一股细长青烟。有经验的伙伴知道如何生火，不至于烟气太呛。烧了半晌，瓦片已经染上一层黑灰，热量将白果烤熟了。条件受限，受热不均，烤出来的白果往往是一大半焦黑。但因为是自己辛苦得来的，乐趣多于享受，也就多了份宽容。剥开里面的果肉，冒着热气，软软的，香味弥散开，不浓烈，中间绿芯去掉，入口糯糯的。

在我们老家，大人经常告诫："白果不能多吃，小孩一天只能吃三个。"《本草备要》记载：白果"甘苦而温，性涩而收……人不得见，性阴有小毒……多食则收涩太过，令人壅气胪胀，小儿发惊动疳。"大人当然知道无法控制我们，他们毕竟是过来人，怎会不知这其中的乐趣。但他们平时忙于农事、工作等生计，总怕有疏忽，所以提前严词相告，不至于我们不自控，食用过多，诱发"惊动疳"等事。其实，小伙伴那么辛苦偷摘白果，也无非是体验这无畏多彩的野趣。

白果成熟的节令，也因此多了一份期待。

大自然遇到童心，任何事都沾染了色彩，味道也会变。

连偷也是。

152

自信的微笑，是一剂良方

作者：江晓英

短暂的失利是什么？纸老虎、稻草人罢了。

一旦遇到亲情，它们便经不起坚定不移的激烈阻击，迅速逃窜、纷纷溃败。

邻居小尧就遇到过这样的情形。

那年大学毕业，小尧应聘十多家公司皆碰壁，挫折让她十分气馁、心情低落，哀叹前途渺茫。幸好母亲在身边，时常拉着她去蛋糕房里学习烘焙，做做糕点，暂时缓解了因工作无着落带来的不快和落寞。

看母亲和面，她将面粉聚拢一处，注水，加小苏打等，使劲搅和，反复揉捏，从碎碎点点到随方就圆，从无形至一团，母亲反复揉着，不紧不慢、不急不缓将所有心思倾注于面团中，让不禁摔打的面粉经过有力的搓揉形成紧实的团子，再也不能分散。

母亲的样子特别专注、认真，小尧觉得这场景似曾相识，很温暖，思来想去，自己如此自然快乐、心无旁骛的时候只是小时候玩泥巴的时刻了。

小尧先是诧异，随即一笑，这动作几十年如一日，母亲不厌倦吗？

"喜欢的事当事业做，开心着呢！"母亲仿佛看透小尧的心事似的，笑着问她，"要不要来试试？"

稍有犹豫的小尧虽有种试试的冲动，然而还是缺乏自信，心想："我也能做蛋糕吗？"

"能。"母亲的语气很坚定。

温暖的鼓励，是迷茫中的一座灯塔。小尧便开始尝试起来。

因为母亲的精心"传道授业"，小尧做蛋糕得心应手，进步"一日千里"，她很喜悦，心满意足地问母亲："您说做蛋糕难，我没觉得呢。"

"是吗？"母亲笑了，"要不咱们搞一次试吃活动？"

"好啊！"小尧自信地说道。

试吃桌上，两个小牌分别放在两块蛋糕前，这两块蛋糕分别出自小尧和母亲之手。牌子上写着：创新一口糕。

小牌前以花生的多少论胜负。然而不到活动结束，小尧已经垂头丧气，心情沮丧极了。小尧懊恼地想："是母亲技高一筹，还是传授不到位？"

还在纠结间，却听母亲说："是你做蛋糕用时不够，影响了口感。"

仔细一想，的确如此。小尧当时还嫌母亲揉面太慢，发酵时间太过精确，烤制过程太过专注，笑说这是浪费大好时光，简单问题复杂化。小尧从来没想到，某些不经意的过程省略，必会以其他方式再绕回去，快不得，省不得，少不得，一点点地坚持才会达到目的。

想明白的那一刻，小尧自惭形秽。

"现在做蛋糕的你就是曾经学做蛋糕的我。"母亲安慰道，"我当时也和你一样没有耐心，但当蛋糕卖不出去后，才知道有种信念是用心而为。只有用心做事，结果才不会辜负认真努力的人，不会辜负坚持到底的人。"

多年后，小尧的糕点店开在这座城市的路口，招牌上的笑容就像三月的春花，她笑得那般自信、真诚而勇敢。

就像民国才女林徽因的《笑》：

笑的是她的眼睛，口唇，
和唇边浑圆的旋涡。
艳丽如同露珠，
朵朵的笑向
贝齿的闪光里躲。
那是笑——神的笑，美的笑；
水的映影，风的轻歌。
……

多些微笑，困难时，相信自己；平淡生活中，相信自己；激情岁月里，相信自己。笑是自信良方，是困难的敌人，是开路的急先锋！

于是，我们一边自信地笑着，一边走向远方。

不惧时光，等待花开

作者：柳今

看着她款款向我走来，不敢相信眼前的老奶奶已经 75 岁了。一袭黑色旗袍，柔软如水，轻轻贴在她的肌肤上，胸前的白色珍珠项链莹莹发光。

她看起来娴静而文雅。

奶奶是我老家的邻居。她原本没读过书，60 岁才学写字。现在却是省作协会员。

那年，邻家奶奶的丈夫因车祸去世，她的生活一下子失去了重心，整个人变得郁郁寡欢。女儿怕她闷出毛病，就说："妈，你学认字吧。"

认字？她心想，一个 60 岁的老人，能不要别人照顾就不错了，难道还要像小学生一样开始上学吗？

女儿说："现在是人人都能学习的时代，以前你不总遗憾没读过书吗？从现在开始，你学认字，这样就不会胡思乱想了。"

奶奶一听，有道理。她也早已想开，丈夫去世，她又不能随着一起走。现在，她要好好活着，为女儿做点事。如果学会认字，她就可以给外孙读故事。

因为喜欢唱歌，她就从歌词开始学。教语文的女儿做了她的老师，教她学会用字典。奶奶很勤奋，只要闲下来就学习，走到哪儿就学到哪儿。逛街时，她看到广告牌、宣传单、菜单……都会试着念，不认识的字就问别人。没过多久，竟然也念得有模有样了。

刚学会几个汉字，她就开始照着写。写第一个汉字的时候，她觉得很难看，写写就用橡皮蹭几下，蹭得那张纸黑得就像被炭水浸泡过，连手上、身上弄得都是铅笔灰。

她写字不懂笔顺，写"漫"字，写完三点水，再写个"三"，然后再画两竖。隔了好久她才知道，写字还要有顺序。她写自己的名字"红梅"，拿出来一看是"红海"。一个"树"字能写成三个字，写得歪歪扭扭，手还哆嗦。她打了退堂鼓。

女儿就哄她，说小学生刚学写字时都这样。写到第五天，老师夸她越来越好。

受到鼓励，奶奶一天比一天写得多，越写越觉得有趣。越写越顺，越顺越写。绘画用纸，女儿用过的 A4 单面打印纸，药盒的纸壳背面，作文本纸，还有鲜花包装纸、生日蛋糕盒……家里凡是能写字的纸片，都被她密密麻麻地写上了字。

时间一晃，就过了五年。

有一次，她在电视上看到一个老人讲过去的故事，特别感人，她仿佛又回到那个饥荒的年代。她对女儿说："我也有很多故事，我说你来写。"女儿却说："自己的故事自己写，这样才能写出当时的真实感受。"在女儿的鼓励下，她开始写故事。刚开始的时候，很多字不会写，就画圈或用拼音代替。写完后，女儿帮她整理。

她写战争时代的生活，她和没见过面的丈夫去领"结婚证"，她丈

夫如何过世，她的父母……

她对女儿说，我写的时候，他们好像在我的笔下又活了一次，很多记忆模糊的往事渐渐变得清晰了。

写顺手后，奶奶对自己的要求越来越严格。

有一次，奶奶写了一个故事，起名叫"闯关东"。结果，被女儿连续批评，返工了三遍。

那几天，女儿每天 6 点多起床，都能发现母亲房间的台灯亮着。她像钉在那里一样，忘我地写着。她本想让母亲写字打发时间，没想到她这么上心。

渐渐地，奶奶想起的越来越多，细节也刻画得越来越好，用寥寥几笔就将场面描写得活灵活现，连女儿这个语文老师都赞不绝口。

经过半个月的坚持，奶奶终于写完了。女儿看了之后说："妈，我只知道你过去很苦，没想到这苦比我想象中还痛苦百倍。"

159

她把这篇故事放到博客上，很意外，有很多网友关注并留言。

这引起一位出版人的注意。他觉得奶奶带有个体感受的历史故事很有参考价值，决定为其出版并预付了稿费。

这件事不胫而走，电视台记者也来采访。

奶奶开心得像孩子一样，她说："没想到老了老了，肚子里的一大嘟噜花开了。"

其实，成功的路上并不拥挤，只是坚持梦想的人太少了。

第七章——梦想什么时候都不会太晚

生活就是一张白纸，画笔则握在我们自己手中。你是想把生活涂成一幅绚丽长卷，还是仅描星斑点点，完全由自己说了算。

星空的呼唤

作者：胡策陌

"孩子，飞到天上来，看看这漫天星辰，哪一个属于你？"

深夜，我独自站在人间一座最高的山上，星空传来大声的呼唤。

洪声贯金石，充满慷慨之气。我长啸一声，迎着冷风，飞奔星空。周边，无云，无月，只有无数颗小星星，闪闪发光，形成璀璨无比的星辰海洋。

我伸手触摸小星星，它们却像调皮的孩子一般，绕着我画圈子。"请问你是谁？为什么要喊我来到星空？"

那充满慷慨的声音，在我耳畔响起："你们人间有一位叫康德的人说过，世界上只有头顶的星空和心中的道德值得人仰望。可是他没有说，只有看到心中道德的人，才能飞到头顶的星空。孩子，你已经看到了心中的道德！"

"可是，我不知道什么是道德呀！"

"道德者，志道居德也。"

"我听不懂！在人间，你还呼喊过谁，飞到星空？"

"孩子，细数五千年来，那青史留名之辈，大多来过。来的太多，又太少。"我心想，飞到星空的人太多，相对于历史长河的所有人来说太少。

"那么，他们来做什么？"

"他们来到星空，只为寻找属于自己的那一颗星辰。孩子，一颗颗星辰组成不同的星河，秦皇汉武，唐宗宋祖，他们都选择过帝王星河。你想去那儿寻找吗？"

谁不愿做人间帝王，九五至尊，言出法随？可是，天家无情，称孤道寡，终究不是我所渴望的生活。

我对着星空摇了摇头。"这儿有一条吴起、白起、项羽、韩信、李靖等辈选择过的武曲星河。"

哪个男人不曾梦想统率千军万马，纵横沙场，所向无敌，雄兵在侧！然而，一将功成万骨枯。人类从古至今，战争造成的悲惨世界太多了！每个正常人都愿世间铸剑为犁，永无杀戮。

我对着星空再次摇头。"这儿有商鞅、李斯、范蠡、刘伯温、张居正之流选择过的王佐星河。"

我对历史还是略知一二的，商鞅车裂，李斯灭族，范蠡避难五湖，刘伯温被毒杀，张居正子孙充军。所谓王佐之才，虽有利万民，终是帝王鹰犬，不知功成身退，难逃兔死狗烹。

我依旧摇头。

"这儿有巨匠星河，墨翟、蔡伦、马钧、祖冲之、徐光启等辈来过；这儿有医学星河，扁鹊、华佗、孙思邈、李时珍等人来过；这儿有财富星河，端木子贡、沈万三、乔致庸、胡雪岩，这些年，来财富星河的人越来越多了。"

这些都不是我心中真正想要的，我躬身拱手道："璀璨星空之中，没有我最喜欢的，我还是走吧！多谢了！"

说罢，我就要落回世间。

"孩子，且慢！还有最后一条星河，文曲星河，又称作者之路，你敢选吗？"

作者之路？我心中一股热流涌过，忙问道："为什么文曲星河又称作者之路？"星空一声长叹："河，你能顺流而下，乘风破浪，终达彼岸；路却没有尽头，甚至世间本没有路。作者之路，太过艰辛。你如果选择这条路，注定悬崖峭壁，荆棘密布，没有鲜花，或有野草。"

无限风光在险峰，筚路蓝缕，方显男儿本色。我问道："谁来文曲星河中选择过一颗星辰，或者说谁走过这条路？"

"瞎眼的左丘明，受宫刑的司马迁，种地的陶渊明，不得志的罗贯中，冻死的解缙，被砍头的金圣叹，受排挤的吴承恩，屡试不中的蒲松龄……他们都选择过一颗文曲星辰，走了作者之路。"

星空的话，听得我嘴角直抽，心里哆嗦，小腿抽筋，两脚发软。我咬紧牙关，深吸一口气，缓缓吐出，心情才渐渐平静。

"可是，他们后悔了吗？"

"求仁得仁，后悔什么？你愿意带走一颗文曲星，走作者之路吗？"

"我愿意！"

"为什么？带走一颗文曲星，作者之路，少有鲜花掌声，多为孤独痛苦。"

"不为名利财色，无视称讥毁誉，因为最喜欢。"

"那就送你一颗吧！"一道白光向我飞来，我伸右手接住，握在手心。我伸开手掌，只见一颗银色的小石子，指甲盖大。它缓缓地飘向我胸口，碰到我衣服时，白光射出！我能感觉到，文曲星，永远在我心中。

我与星空告别后，落在大地上，抬头，星空璀璨依旧。作者之路，已经在我脚下。我只有向前走，不停，不回头。

少不更事

作者：酸菜鱼夫人

泰戈尔曾说："我不能选择那最好的，是那最好的选择我。"

在我第一份职业选择的道路上，我一直觉得是命运安排，我遇见了最好的，并让它选择了我。

大学毕业前夕，一个同学约我去人才交流会，看看能不能找到心仪的工作。

在一家公司的展位前，我停下了，不只是因为这个公司有名气，更重要的是他们要创办一份企业报的信息吸引了我。我想，这对于任何一个新闻专业毕业的大学生而言都是有魔力的信息。

一位三十几岁的男职员接待了我，告诉我他们不招录女生。受到他的拒绝，当时的我反而从心底涌出了一股天不怕地不怕的劲头，抗议他们排斥女生的做法，还把自己实习时发表的四十几篇作品呈现给他。

也许是因为我的天真无畏，也许是看我发表的作品比较多，他最后竟然同意把我的简历和作品带回去上报。

几个月后，我真的收到了录取通知。就这样，我和其他三位刚毕业的小伙伴成了报社的元老级人物，开启了创办企业报的历程。

那一年，我们刚刚 22 岁。

公司没有额外的办公室给我们，就安排我们暂时在一栋居民楼的住宅里"埋锅起灶"。那时，我们享受着一种特有的自由空气。几个刚刚毕业的大学生聚在一处，几乎没有什么斤斤计较、尔虞我诈。我们快乐地创办着我们的报纸，幸福地收获着笔耕的果实。

我喜欢听伙伴们叫我"小艳儿"，也愿意用类似亲切的称呼去呼唤我的伙伴们。虽然期间也发生过这样那样不愉快的事儿，但时过境迁，而今已走过不惑之年的我，觉得那些都是我们青春的痕迹，虽然曲折，一样美丽。

这么多年过去，我的家里一直珍藏着当年出版的第一本报纸合订本。页面早已泛黄，而且有着一股陈腐的味道。但那一行行铅字、一个个专栏，处处流淌着我们的青春故事。

对于现在的编辑、记者来说，电脑在手，万事俱备。而那时的我们除了手头上的一支笔，就真的一无所有了。除了自己写稿、设计版面，其他的打字排版工作全都辗转于社会上的各大报社之间。

那是一种"寄人篱下"的感觉。坐在角落里不停地校对，一遍遍地求人帮忙修改，对于刚刚毕业还很生嫩的我们来说，个中滋味真的是千言万语无以名状。这期间，最能帮我们解压的，是在中午休息时去找我们爱吃的东西，聚在一起"小撮一顿"，浅谈人生，细说心语。

那是一家叫"发迷你"的面馆，店面不大。一碗面加上一个虾、半个蛋，是令我至今回味不已的味道。那家店早已不复存在，偶尔我会寻找那样的味道，但总是找不到……

报纸定版后，会拿到印刷厂印刷。印刷完成，印刷厂会来电话通知。这时的我们就变身为"报纸搬运工"，坐着公司的卡车去工厂，把重重的一摞摞报纸从充满浓重油墨味的印刷厂的车间搬上卡车，从卡车搬到办公室，再从一摞摞报纸中分出不同的份数，传给领导，放到收发室。那时候的力量不知是从哪儿来的，也不感觉累，活儿自然而然就这么干了。

当然，我的主业还是记者。那几年里，我一直在以普利策的那句话来鞭策自己，那就是"懒人是当不了记者的"。

为了写稿，我曾跑到远离尘世喧嚣的山林作业基地，和一个为执行护林任务的机组相处了十余天的时间，坐着护林的小飞机，感受着作业飞机直上直下时带来的晕眩。市里一家特大商场发生大火，我第一时间奔赴现场，拍下了现场的照片。有一年，我居住的城市发生了洪水。我坐着车奔赴大街小巷搜集素材，又连夜赶出整版的专题稿件……

就这样，在报社期间，我写了不知多少篇文章。虽然现在回头翻看，觉得能登上大雅之堂的真是凤毛麟角，但是每一篇都能帮我找回一段热血沸腾的时光，也许粗糙，但很真实。

然而，聚散终有时。

最终，我由于这样那样的原因离开了报社。现在的我干着另一份与媒体截然不同的工作。

偶尔，我会想起那个时候，那个初出茅庐的女孩怎样在一个多彩的世界里奋斗。

辛苦，并幸福着。

长大后，我就成了你

作者：敏双

漫步校园，一片绿中泛黄的叶子，在风中打着旋儿，掉落在树下。树叶长得再高，也不忘自己最初的梦想——回归大地。

这一年，我也终于实现了那年许下的心愿。

从出生到上二年级，我都是一个不被重视的孩子。平平，似乎成为我的专属形容词。直到遇到她，一个温婉热心的女老师，我才发现，原来我也可以出类拔萃。作为一个"吊车尾"的插班生，我知道，老师一定不待见我。上课听不懂，怎么办？那就眯一会儿。不出所料，等来了请家长的通知。但这次请家长，却改变了我的人生轨迹。

老师告诉爸爸，需要每天将我留下来，给我补课，把之前的基础知识补起来。从此，我开始披星戴月的生活。放学背着书包去老师家，学习声母、韵母，整体认读音节。

我很笨，虽然已经9岁，上二年级了，但是一天只能学一点，a的四个声调，从读到认。别的小朋友呢？一年级的时候，一天就可以学会a、o、e的四个声调的发音、认读还有书写。

第一天回家的路上，望着如洗的星空，我又回想起和陈老师谈话的场景。

"老师，我很笨。"

"不，你不笨，只是基础不好而已，这和笨没关系。"陈老师轻抚着低头的我。

"可是，可是我一晚上都没学会。"我不敢抬头看老师，虽然我知道她不会训我。

"别这样想，就是因为不会，才来学呀！不会不要紧，学就对了。"我抬起头望着老师，这是我从未听过的语言。

"一天学不会，就用两天，直到学会。"老师目光坚定地注视着我。那一刻，我暗下决心：决不让老师失望。晨起练读，睡前默写，成了常态。

本以为要很久才能学会的拼音，只一个月工夫，就已全部熟练。我

的成绩也从 30 多分一跃到 95 分，从倒数后五名进入全班前十名。

终于，证明了老师那句话"你不笨"。

陈老师很开心，当着全班同学的面表扬我，还私下奖励我："小梅，你太棒了，我没想到你会进步这么大。我就说嘛，你不笨……"

人间最美的语言，大抵就是陈老师的话吧！

这是我第一次对"老师"这两个字油然而生敬意，不同于以前的尊敬。之前是爸爸说要听老师的话，见到老师要问好，我照做就可以，而为什么要尊敬老师，却不知道原因。现在我想，老师值得尊重就是因为不放弃任何一个学生吧！

从那时起，"老师"这个词，烙印在我的心里，成了我的梦想。

"丁零零，丁零零……"上课铃声响起。站在校园的操场上，我穿着教师制服，抬脚向教学楼走去。

陈老师调走以后，我找了她很久，但再也没有遇到她，却应了那句歌词："长大后，我就成了你。"

星星的眼睛

梦想追着幸福跑

作者：张莹

很多年前，我还是个小女孩。

那个夏天的傍晚刻骨铭心。

那天，雨很快就过去了。我满心欢喜，几乎要雀跃了，因为我可以去看电视了。

那时，村里唯一的一台电视放在村委会里，全村的人都去看。

可是，妈妈没有让我去，原因很简单："虽然停了雨，但说不定一会儿又来了呢。"

我是那种很乖巧的孩子，即使心里一万个不乐意，还是静静地不作声。

我躺在炕上，盯着有点发黄的白色墙壁，瞪着大眼睛想：什么时候，我能在自家看电视啊？想咋看就咋看，多好！

日子，如流水，哗哗地过。年少时的梦想，早就灿然然地开了花。

如今，不仅在自己家看着，而且，坐着，躺着，站着，吃着零食……真的是想咋看就咋看哩。

总是记起这个片段，浓浓的渴望，梦想的实现，温馨，美好。

渐渐长大，年少时的小心思，一点点日益丰盈。

年轻就要去远方，是的，不再筹划许久，不再等待风和日丽，背起行囊，买好车票，开始吧。父辈的梦想，不再是太阳底下唇间的流动，是此刻，旅途中的一路气象万千。

起伏的绿山，明媚的花朵，爱笑的人儿……在每一个流转的时刻，扑面而来，散发着暖暖的味道，满心的欢喜啊。

踩两串脚印，撒一把欢儿，纯净饱满的岁月，点点滴滴，在滚滚红尘中清澈着，动人着。

好好地享受吧，蓝蓝的天，白白的云。

还要一份完美的爱情，是毕生注定的那种。冥冥之中，就会知道，会是在某个角落静静等待，不会早，也不会晚，飘然而至。

也许，会很妖娆，如牡丹，雍容华贵；也许，会纯净，如水仙，清凌凌的美；也许，会很烟火气，如芹菜，透着俗世的香。无论怎样，执着地、认真地爱着，便无沧桑和辛苦。

当然，花开四季里，时不时，总还是要有点点心动的。播一粒种子，静候一朵花开。泡一杯茶，等待远方的人儿。听一段音乐，分享世间的繁茂昌盛……都是暗自旖旎的梦呢。

那些你认识的，不认识的，你熟悉的，不熟悉的，花开花落，人来人往，写几个字，交几个友，帮个忙，捎个信……都悄无声息地点染了你的梦，光阴回转，情意绵绵，一路向着幸福奔去。

有期待的日子，总是汩汩地冒着香，美哉啊，如花的日子。

乘着你的梦想来吧，哪怕你是随意，幸福也必倾杯。

时光在左，美；时光在右，好。

日子，真的是，那么美，这么好。

扩大再生活

作者：李晓明

　　可能是平时上班习惯了，自从不上班后，总感觉日子里缺少了点什么，就像是跟社会脱了节，成了世界的一个边缘人。那次去朋友家串门，在楼道里碰到一个女人，自己带着两个孩子，大的四五岁，上幼儿园的样子，小的也就六七个月，还需要抱在怀里。在跟她聊天后得知，她是一名全职妈妈，每天的工作就是照顾好两个孩子，抱着小的去送大的上学，送大的上学后再回家给小的做饭……每天都在家和学校两点一线中循环往复着。听她娓娓道来带孩子们的种种，脸上没有一丝抱怨，相反有种特幸福的满足感。

　　其实，我很喜欢这类心思简单的女人，心无旁骛地居家带娃，其余的什么也不想，什么也不在乎。可惜我不是那类人，我既想带好孩子，又想着自己另外的一个世界，结果是自己既做不成别人，又做不好自己。于是，便在纠结和迷茫中孤独又抑郁着。

　　直到某天，我在一本书上看到了这样一句话，才彻底解开了自己的心结。"适应孤独，就像适应一份残疾，而我不想过残疾的生活。人生苦短，我想尽量地让生活饱满。"是啊！有多少日子，自己是生活在孤独中的，那种抑郁的情绪难以言表。每天按部就班地做着该做的事情，惦念着有关和无关的人，伤感着阴郁的天气，莫名地发着毫无理由的火气，心思沉重又无精打采，对生活没有一丝一毫的热情。看到刘瑜这句话后，我终于明白自己抑郁的症结在于：每天都想给自己的生活注入些新的东西，而不是按部就班的千篇一律。

生活大致有两种：一种是简单再生活，即做着该做的事情，完成应该完成的工作；一种是扩大再生活，就是除简单再生活外，延伸出的另外一种生活。该做的事情，或许大家都会去做。但是，延伸出的另外一种生活，可能大家就不是那么在意了。

于是我想，既然改变不了自己的个性，就应顺其趋势去发展它，而不是在蹉跎中把时间白白地浪费掉，生活的原则向来是疏强于堵。明白了这点以后，我不再受限于自己的困惑中，而是学着去感受简单再生活之外的幸福感。

每次抱着孩子出去玩时，我都会带上点馒头或者饼干，去喂小区池塘里的小鱼和乌龟。可能平时去给它们喂食的不多，我刚把食物撒进去，一群鱼就呼呼地涌过来。这时，乌龟也会闻风而动，划着短小的四肢快速地游过来。这时，我感觉自己存在的意义有关于鱼和乌龟的饥饱问题，所以看它们吃得不亦乐乎，我心情也会瞬间大好起来。

喂鱼时，经常会碰到带着孩子来赏鱼的妈妈们，我们就一起交流育儿经验，聊一聊互相熟识的人和事，时间便在轻松愉快中流逝过去。在孩子睡觉的间隙，我会读点书，即使某本书中只有一句话触动了自己，我也觉得这本书没有白读。最充实的事情莫过于写一篇自己还算满意的文章，写完之后心中有种特别的成就感。

这就如将干瘪的生活注入一股新鲜的血液，让浑身充满了灵动的力量。利用难得的时间浇一浇花，欣赏一下三角梅的娇艳，还有昙花的含苞欲放，可真是一种美的感官享受。选点嫩豆角和肉做馅，包点大包子，一家人围在桌子前，吃得满嘴流油，幸福感顿时爆棚。告诉朋友一个去除宝宝湿疹的小偏方，跟她谈一下自己的育儿经验，也是一件畅快事……

　　由此可见，扩大再生活带来的幸福感远远超出了我们的意料。它可以是我们人人都追求和喜欢的东西，比如烹饪、摄影、读书、写作、养花、遛狗、散步、打球、下棋……这些看似是无用之举，或为大用也说不定呢！只要是自己感兴趣的，能让自己从烦琐和抑郁的生活中解脱出来、感到快乐的事情，都可以成为我们扩大再生活的原动力。

　　生活就是一张白纸，画笔则握在我们自己手中。你是想把生活涂成一幅绚丽长卷，还是仅描星斑点点，完全由自己说了算。

173

初心

作者：海豹公子

我喜欢仰头看天。

似乎是一种习惯，或者是一种执念。我只知道我陷入了天空的变幻莫测里，时不时就会抬头一望。无论是清澈透明的蓝，还是布满霞光的红、星辰闪烁的黑，都让我着迷。

天空给我一种无法言表的颤动。盯着天空看久了，似乎整个人都要掉入那无边深邃的大洞里。天空那看不见的背后，有无穷的力量在召唤着自己。

一直觉得天空特别执着，连云彩也演绎出自己的最美。天空使得朝阳东升成为绚丽的开始，使得落日西颓成为悲壮的落幕。璀璨的星月点缀着黑夜，"天接云涛连晓雾，星河欲转千帆舞"，在天空这块幕布上，各种剧目争相上演着。

生命的精髓在于执着与关爱，这与天空多么相似。天空是一种境界，人生是一种禅意，与天空类似，单纯的心便是"禅"。

人们常想去彼岸，但人要到达彼岸必须得经历黑暗和痛楚。人们总是认为彼岸就是最好的，然而彼岸却总是到达不了的。彼岸花开虽美，也只是一个掠影，重要的是当下。

天空的澄澈是因为它的透明，越透明越难看出深浅。它拥有博大的胸襟，拥有开阔的眼界，无杂质，亦无纷纷扰扰，恪守着自己的一方净土。偶尔有乌云遮天，但终究会云消雾散，还原出自己的本来面目。

一个人若能像天空一般，执着而不固执，抛开急功近利的东西，恪守自己的一方净土，坚持着自己的梦想，慢慢享受到达彼岸途中的风景，那么彼岸将不再是彼岸，它就在一个伸手可及的高度，而不是在那认为最好的遥远的天边。

人生途中，最大的障碍往往不是远方那座高山，而是眼底那颗沙粒。那颗沙粒遮住了灵魂的本来面目。继而人们容易被周围的琐事影响，被不同的声音影响，渐渐怀疑自己的行为，渐渐丢掉了自己的初心。

我们都要面对初心丢失的彷徨，面对之后自己的脆弱与孤独。但我们仍要与脆弱相处，对此心酸一笑而过，继续前行。我记得对梦想的执着，也将永远珍惜，是否对永恒的怀疑才能留住瞬间的美丽？

不忘初心，透明开阔，沉稳地走向彼岸，再烦躁不宁的心也会如同浴过一样清莹。愿拥有如天空一般的心境，跟着初心走上征途。

人生如装修

作者：巴陵

人的一生走过许多日子后，突然发现不知用什么词语来总结走过的路，也不知怎样形容自己的阅历。给房子做了一回装修，我才觉得人生如装修：把它的未来设计得非常美丽，到头来总是令人不满意。这到底是什么原因，想了很久都不明白。

人生有很多坎坎坷坷、波波折折，都是要经历了才知道中间的疾苦和曲折，不是两句话可以说得清的。在遇到事情的开始，我总把它看得非常轻松、非常容易，藐视它的难度。等自己慢慢做来，就只好耐心去忍受，体味这番辛苦。虽有多次放弃的念头，坚持到最后也算初步成功，还是有些欣慰。

我常常喜欢带着乐观的心情去看待未来的事物，结果被狠狠地打击了"养尊处优"的自尊心和希望，一次又一次把乐观的心态蒙上灰尘，甚至扣上悲观的帽子。往往我面对事情之前，把办事难度降到最低，考虑非常简单、粗糙，在事情的过程上也缩写了它的步骤。

结果呢？事物的成功都要经历每个细节，不允许省略任何细小的部分，就像一本书的标题：细节决定成功。每个细节都是在经历中曲折多变，并不像在生活中走路，可以想方设法寻找捷径，用最少的步子到达目的地。

我的人生，在自己的理想和远大的抱负里，设计得非常宏伟。但是，每个生活细节都会给我打一个很大的折扣，摘除我的一部分理想，把它列为幻想。我在装修房子之前，怎么规划自己的新居，与妻子商量要怎样气派、豪华。等装修下来，描绘的房子已经只在画里和图纸上，房子的每个角落都没有达到设计的标准，还不好找装修公司理论，只能把闷气收回肚里。

房子装修已经成为定局，还想改变任何一点，那就要全部推翻重新来过。再想：要是第二次、第三次还达不到标准，就只能无止境地装修下去，且所有资金都是自己掏。装修就只能带着瑕疵收尾，也算事情告一段落。自己的人生，走过就只有一次，没有任何补救的机会。人的一生，走过的时间已经变成年龄加在身体上。再返过去重来，年龄和家庭都不允许，后面的工作也陆续而来。

房子装修时，装修工人极力偷工减料，降低装修成本和缩短装修时间。我作为一个没有装修经验的人，对其了解又少，只好按他们的意愿走，就造成了后来的难题。走在人生道路上，向成功攀进时，我也曾急功近利，想尽办法缩短时间和距离，避免不应该发生的麻烦，想早点达到目的，为自己的成功而庆祝。

事实呢？无论是装修工人的偷工减料，还是我对待人生的急功近利，都一样地被自然规律减少了成功的概率，把可成功的事情推向不成功的深渊，甚至毁灭自己的成绩和前程。我想，这些出发点都是好的，结果却对自己不利。客观上可以划定为故意，事实上是有意为之。按理论说，这些都是不可原谅的。但是，在生活中我们都原谅了自己和别人。

装修公司在要承包装修之前，都会按着主人的意思去设计、构造，尽量描绘得让主人百分之百满意，把自己的工作讲得非常完善，主人也找不到一点瑕疵。我心里还在万分之感谢。可是，在装修的时候，装修工人的水平却没有我想象的那么高，只能依虎画出猫来，最多也是形似而神不似，有些弄巧成拙的感觉。多次现场指导和点拨，都无济于事。我的人生，从出生到现在，都由父母安排和设计，没有一样是自己规划的。父母给我规划和设计，根本没有考虑到我的潜力和才能以及年龄、阅历，往往是按着他们的要求和做事的风格，高估了我，结果成功非常难。

　　我想，如果遇到有些事，可以完全拿来与人生对比，从中找到一些点拨自己的东西，让我这样的年轻人明白一些事情，也让我知道一些事物的原则和机理，更好地尽职尽责地去工作。

车厢

作者：九安

我喜欢观察别人的行为，特别是在轻轨上。

我适应着忽而穿啸而过的高楼遮挡下的黑暗，接受了阳光透过车窗抛来的好意，享受在人们生活的喧哗中。

门侧的爸爸抱着孩子教读着门上的警示标语，"Don't touch the door"，发音雄浑标准。我猜想着，爸爸定是三尺讲台上的孜孜不倦的英语老师吧，不由得向他投去些敬佩的目光。

身旁三五个可爱小姐妹激烈地讨论着，我恍惚间看到了阳光照耀下的泡沫星子飞舞。可任凭我如何仔细听，也分辨不了内容，或许她们争论的是昨天早课上那道数学题的最佳解法呢。

角落里的男生却显得落寞起来，公文包也是无精打采，有些疲惫地蜷缩着倚靠在护栏上，做着暂时的休憩。可到站铃声一响起，他却突然挺直，身上的西装也伸展开，迈着矫健的步伐直奔向目的地。

对侧一排排坐着年过半百的女人，她们身着彩色的衣衫，挎着鼓鼓囊囊的皮质包。她们一直说着说着，神色带着欣喜，转而又十分认真。阳光也配合着懒散地帮忙打着光，照在了她们卷卷的深色的头发上，我好像看见了她们刚刚在超市疯狂购物的盛况。

突然，一道人影在我身旁停下来，高高的个子，一身黑色，手拉着灰色的行李箱，头发有些凌乱，或是平时没有注意打理。他使劲地挤在我身旁，霎时我有几分窘迫与恼怒。安顿好行李后，我却说不出话来。只见他忽地打开书包，拿出一摞纸，上面涂涂改改的十分杂乱。他却很专注，瞬间就投入识记中去了。

我看着窗外闪现过的建筑物，高低不一，我的心情也被带动得起起伏伏。每个人都为自己忙碌着，学业，家庭，生活。有些可以成功地入住高档别墅享受着恣意人生，有些还是无所事事地宅在祖传平房里，而还有一些，他们不得不屈居于桥洞、地下通道的走廊上。平日里拾捡垃圾保持环境清洁的老人就渺小了吗？西装革履的大叔就一定高大吗？为国家发展献身的人才必定高尚，那大多数为了生存而打拼的平庸的人就要被舍弃吗？或许，各人有各人的志向与喜好。

爸爸确实是个老师，他在英语教学中发现了班上学生的基础不扎实的情况，正在努力制订着阶段学习计划，夯实大家的基础。在这里，他只是个启发孩子在生活中学习的父亲。"公文包"是个新入职场的"小白"，平日里在公司没少受前辈的欺负，却也过得充实。他总是靠乘车时间休息调整，以便较好地投入工作。

女人们总是结伴流走于各大商场、超市、公园，这座城市没有她们不了解的地方，就是为了补偿年轻时的向往。

高个子是个高三学子，此次回家耗费了不少时间。他必须得抓紧每分每秒获得知识，增加自己日后的胜算。那我是为了什么呢？或许是冬日里的暖阳、春天晨间的风、夏日的苍翠吸引着我，也可能为了在这个平淡的深秋里，可以挤进这节车厢，一节一直努力前进的车厢。

181

第八章 —— 愿你的青春不负梦想

那是我最初的梦想。也许现在看来有些可笑,可是这梦却承载着我无数的快乐和想望。

清明的雨

作者：徐光惠

　　清晨，从一阵叮咚叮咚的雨声中醒来。这是今年久旱以来清明前下得最大的一场雨。

　　雨渐渐小了，淅淅沥沥。躺在床上，侧耳静听细雨浅吟低唱。窗外，雨声忽远忽近，若有似无，轻轻敲打着屋檐，像是弹奏着一曲悠扬的旋律，心底泛起层层涟漪。

　　"清明时节雨纷纷。"春分过了清明来，儿时的记忆中，清明总是和雨水联系在一起的。一向不喜欢雨，却唯独喜爱这清明时节的雨。夏天的雨猛而急，来势汹汹，让人猝不及防，心生烦恼。秋天的雨悲凉寂寥，让人心生无尽的惆怅。冬天的雨凄冷刺骨，让人心生寒意。而清明时的雨不急不缓，像牛毛、像花针、像细丝，像一阵清风，轻纱一般笼着大地，轻轻柔柔地飘落，婉约清新，含情脉脉，让人心生惬意。

　　"斜风细雨不须归。"漫步在郊外的原野中，尽情享受着大自然的洗礼。细雨蒙蒙如烟雾，飘在空中，飘在山涧树丛，地面湿润了许多。伫立雨中，深吸一口气，一丝夹杂着花香、草香，还有泥土的清香扑面而来。不用撑伞，任雨丝飘在我的身上，浸润我的发丝，涤荡我的心灵。雨丝如婴儿的小手拂过脸颊，凉凉的、酥酥的，温润清新。

"好雨知时节，当春乃发生。随风潜入夜，润物细无声。"雨水顺着树叶尖滴下来，变成一串串水灵灵的音符。田野里的麦苗迎风摇摆，贪婪地吮吸着这场久违的甘露。路边的小草偷偷地钻出地面，开始编织绿色的地毯。河岸边，杨柳依依，婀娜地摇曳着身姿。几只小鸟在空中飞来飞去，叽叽喳喳地欢叫。一株迎春花正肆意绽放，黄色的花蕊上挂着一些小水珠，晶莹剔透。

远处，被雨朦胧了的山林，高低起伏，错落有致，时浓时淡，浓淡相映。被雨沐浴过的树木更加苍翠，天空愈加明净，空气更加清新，天地间雾霭迷蒙，像一幅天然的水墨画。

清明是祭拜祖先的重要日子，是祖祖辈辈沿袭下来的传统习俗。清明前后，在外工作的人们无论多忙，都会迎着清明雨放下一切羁绊踏上归途，回到家乡祭祀先人，点上几支香烛，烧上一把纸钱，添一把新土，叩头祭拜，问问先人们在天堂是否安好，告诉他们不要记挂，子孙们会努力生活，以慰藉先人的灵魂。

春雨贵如油，清明的雨是滋育万物的甘露，唤醒一冬的荒芜与枯黄，飘洒着希望，召唤人们不负春光。

农谚说："清明前后，种瓜种豆。"在老家，清明一到，雨水增多，气温升高，正是春耕春种的大好时节，充沛的雨水是对春耕农民的恩泽。蛰伏一冬的农人们趁着大好春光，开始忙碌起来。他们扛着锄头、披着蓑衣，穿梭于田间地头，把种子和希望播撒在土地上，期盼当年风调雨顺，等待秋天的收获，大地一片生机盎然。

清明的雨，清澈明净，带给我们梦想和希望。

春光美

作者：周海亮

街路划一条漂亮的弧线，探进公园深处。公园绿意盈盈，却有桃红粉红轻轻将绿意打破。柳絮开得模糊，阳光里飘起，落满松软的一地。鸽子们悠闲地散步，孩子们快乐地玩耍，空气里弥漫着花香，沁人心脾。春天属于山野，属于城市，属于公园，属于公园里每一朵勇敢开放的丑丑的小花。

春色惹人醉。可是，女孩的棍子畏畏缩缩，慌乱并且毫无章法。灾难突然间来临，令她猝不及防。几个月过去，她仍然不习惯手里的棍子，不习惯战战兢兢地走路，不习惯眼前永远的黑暗。女孩面无表情，棍子戳戳点点。于是，那棍子碰到了毫无防备的老人。

老人发出极其轻微的"嘘"的一声。

"对不起。"女孩急忙停下来，"对不起……戳痛你了吧……真的对不起，我是一个盲人……"

"没关系的。"老人轻轻地笑，"你不用解释……我知道，你只是有些不便。"

"只是有些不便？"女孩的神情霎时黯淡下来，"可是，我看不见了，永远看不见了……就像现在，每个人都可以在这里欣赏春色，我却不能……"

"可是孩子，"老人说，"难道春天只是为了给人看吗？难道春天里的一花一草，只是为了给人欣赏而存在吗？"

"难道不是吗？"

"当然不是。"老人说，"比如，我面前就有一朵花……这朵花很小，淡蓝色，五个花瓣……也许它本该六个花瓣吧？那一个，可能被虫子吃掉了……花瓣接近透明，里面是鹅黄色的花蕊……我可以看得见这朵花，然而你看不到。可是，这朵花因为你没有看见它而开得松懈吗？或者，就算我今天没有坐在这里，就算我今天也没有看到它，就算整个春天都没有人看到它，它会因此而开得松懈吗？"

186

……

"还有山野里的无数花花草草，有多少人会注意它们？或许它们的一生，都不会被发现、被关注、被赞美。可是，它们为此而懈怠过吗？还有那些残缺的花儿，比如被虫儿吃掉花瓣、啃了骨朵儿，比如被风雨折断、被石块挤压，比如我眼前的这一朵，它们可曾因为它们的残缺和大自然给予它们的不公就拒绝去开放吗？"

……

"春天或许是花儿最美的季节，却绝不是唯一的季节。你该知道，当秋天来临，所有开过的花儿，都会结种子。就像我眼前的这朵小花，它也会结出它的种子……这与它的卑小无关……更与它的残缺无关……它是一朵勇敢的花儿，勇敢的花儿都是快乐和幸福的。你认为呢？"

……

"你在听吗，孩子？"

"是的，奶奶，我在听。"

"花儿就像你，你就是花儿……为什么闷闷不乐呢？为什么要放弃开放的机会呢？为什么要放弃整个春天呢？"

"我没有放弃春天……可是我看不到春天……"

"你还可以去触摸，孩子……你可以触摸花草，触摸鸽子，触摸土地和水，阳光与柳絮……其实，盲人也是可以看到这世界的，却不是用眼睛，而是用心，用感觉，甚至，用爱……"

"您是说，用爱吗？"

"你认为呢？你该知道，在这世上，除了你，还有你的父母，你的亲人，爱你和关心你的人……如果你连春天都不再去爱，那么，你怎么去爱他们？我知道你看不见春天，可是你的心里，难道不能拥有一个温暖而美好的春天吗？只要你还相信春天，那么对你来说，这世上就还有春天。

"只要你是快乐的，那么，你的亲人也是快乐的。

"只要他们是快乐的，那么，你也就快乐了。

"我说得对吗，孩子？"

"可是，我不知道这里的春天是什么样子的。奶奶，你愿意把你看到的告诉我吗？"

"当然可以，孩子，我很乐意……你的面前有一朵花儿，蓝色的花儿，五个花瓣……你的旁边有一棵树，树长出嫩绿色的叶子，那些叶子很小，漂亮的心形……再旁边有一个草坪，碧绿的草坪，有人在浇灌它们……再往前，是一条卵石甬道，鸽子们飞过来了，轻轻啄着人们的手心……柳絮落下来了，就像一条一条调皮的毛毛虫……"

女孩听得很痴迷。她的表情随着老人的讲述而变化，然而每一种变化，都是天真和幸福的。似乎，女孩真的看到了整个春天。

187

女孩是笑着离开的。她的棍子在甬路上敲打出清脆的声音。

她步履轻松，她像春的精灵。

……

然后，老人轻轻拍拍她身边的导盲犬。

她说："虎子，我们该回家了。"

她戴着很大的墨镜。她悄无声息地走向春的深处。

春光美，春色惹人醉。

有时三点两点雨，到处十枝五枝花。

似是故人来

作者：暖纪年

林小白年轻的时候，曾经搭伙和朋友自驾去西藏。沿路上的风马旗猎猎作响，两星期小白彻底晒成小黑。有天和朋友一起宿在小酒吧里，大家围在一起喝酒暖身。林小白裹着烈红色的围巾聊天说未来，长长的睫毛在灯光下一颤一颤的。

林小白说，希望能够遇见一个会唱民谣、写得一手漂亮的字的人，然后带着他安身立命在满是徽派建筑的小村庄里，守着他和山水过平凡的一生。他可以就着月光为她唱民谣、弹吉他，林小白可以在寒冷的时候给他温酒喝。

我一直觉得林小白姑娘很了不起，她读过很多书，走过大半个国度，会做很多事情。她学医可以去山里摘草药，会亲手裁制衣服过生活，能用切割机器做漂亮的木簪、玉簪。

她会在院子里种一些饱满青嫩的蔬菜，再种上调味的紫苏和薄荷。炒菜的时候，抓一小把进锅，炝炒出辛辣又清凉的气味来。院子剩余的地方，可以种上大片玫瑰，一株红梅，一株桂花。

几年后，林小白或许会有一个漂亮的小女儿。初春，她会带小女儿采桑踏青。仲夏夜，她会带她摘荷花，剥莲蓬里清甜的莲子给她吃。枯叶的秋，她会给她做很美味的桂花酥。深冬，她会打开雕花窗，带她看落雪红梅，用山水养她最疼爱的小女儿。林小白可以让丈夫一笔一画教她从小写毛笔字，给她念顾城、海子的诗，念婉转的宋词元曲，带她去戏台听折子戏。十几年后，她的女儿会有一手娟秀字迹，山水养得面容清秀干净，腹有诗书又不受传统教育条条框框的束缚，灵动大方。

那年，林小白方才满 18 岁，我们一样的年纪轻轻不知轻重。她说得认真，我们听了当真。一伙人驱寒一样围在一起，说尽了一生能够想到的天真话。酒吧老板是个中年男人，静静听我们高谈阔论，也不戳穿，只是把杯中酒笑着一饮而尽。

十年后，我在城市遇见林小白。她给我炒了一桌好菜，撒上一大把浓烈的花椒。她莞尔对我说："看见你，就很轻易地想起了从前的日子，觉得回忆全都在打脸。"

林小白扎根在北方城市最繁华的闹市区，辞去工作照顾丈夫和小女儿，她有一个小女儿，却是一个稍不留神就会把家拆了的熊孩子。丈夫就是那年一起自驾游的男生，不会就着月光唱民谣给她听。来到城市后，整天和电脑与浮躁的人心打交道，写一手工整却平淡的字。

以前，总觉得生活不过如此，梦想就是阳光下碎了一地的玻璃碴儿，却还在不甘心地闪烁光芒。十年过去了，她没有在山水滋养下变成一个不会老的姑娘，风尘依然洗练她，岁月照旧伤害她。

林小白的丈夫习惯在她奔波劳累的时候为她端来温开水，温柔内敛地看着她喝完。他不会唱民谣，写淡淡的歌词。他不喜欢流浪，只关心房价、股市、安定的生活。他像很多男生一样，认为喝水能治感冒、发烧、头疼……包治百病。但是啊但是，林小白说："你别笑我，他每次递给我的温开水，都特别甜。"

　　她终于有了一个小女儿，但是却没有办法许给她山水清秀，许给她一尘不染的安宁。她会去学校学最传统的知识，认识一群没事就逛街吃夜宵的"损友"。藏有一个最美好的梦想，用五年或者十年亲眼看它狠狠摔碎在地上。她会尝尽该有的酸甜苦辣，嬉笑怒骂。

　　不过，林小白说，她的女儿脾气倔又喜欢热闹，想笑的时候放肆地笑，想哭的时候放肆地哭，安身在城市反而比安身在山水间更合适。至于林小白自己，十年前她的梦想是天地山水，十年后依然跋涉在滚滚红尘，因为十年之后，他们才是林小白的梦想。

　　"不过啊。"林小白在桌边替我沏一壶茶。茶杯青玉色，入手温凉。她抿着唇笑，恍惚间回到十年前。藏地小酒吧里，她围着烈红色的围巾，像一朵寂寂开放的玫瑰。

191

　　"不过，这样也足够了。"

以星为梦

作者：玄小蛮

　　夜晚，仰头望星，那星在不知何数的光年之外，散发着微弱的光芒。这光，照不亮夜晚，却能照亮人生的梦。

　　星星是什么呢？

　　小时候，不知星为何物，躺在妈妈的怀里仰望星空，只觉得那星像是一颗颗钻石，也像极了妈妈的眼睛。

　　长大了，明白星星是什么了，可是再也没有仰望星空的时间，也再不能感受躺在妈妈怀里的温暖。

　　我是极爱星星的。在穷僻的小山村里，星星对我来说，就是世间唯一，也是最美的东西。

　　那时的我还没有长大，我会一个人，或和妈妈一起看星星。我将手伸向天空，轻轻握住，仿佛星星已经被我握进了手里。可是，打开紧握的手，手中却空无一物。

　　我多么想飞上天空，摘下一颗星星，放到妈妈的手里啊！

　　那是我最初的梦想。也许现在看来有些可笑，可是这梦却承载着我无数的快乐和想望。

我踮起脚，将手一次次地伸向天空，妄图摘下不属于我的东西，虽然明知不可能，但我却乐此不疲。

我已经很久没回老家了，也很久没有看到昔日的伙伴和日渐苍老的父母，他们现在会变成什么样呢？我想象不得，也不敢去想，唯恐他们与我记忆中的差别太大，相见时会徒惹悲伤。

可是，他们也是能看到星星的啊！

在喧闹的城市里，我只能看到最明亮的那几颗星星，而他们夜晚的天空则叫作"星空"。

星星是我与他们的联系，我踮起脚，将手伸向天空，明知不可能，但我还是这么做了。这有些可笑，也有些可悲。

伴随着年龄的增长，我以为我的梦想已和星星无关。我沿着自己规划的道路，走出家乡，舍弃了熟悉的星空，在红尘俗世中流连忘返。

我一度以为，现在的我离我的梦想是越来越近的。

我想获得金钱，获得地位，想让父母的生活更加优越，我甚至妄图通过自己的努力改变儿时同伴的生活轨迹。

这世界有太多的可能，也有太多的不可能。我获得了金钱，也获得了地位。可是，父母离我越来越远。而儿时的同伴们，我早已忘记了他们的长相。

城市的夜晚清寒，微风吹走了空中的雾霾，星星又从天空中露出了头。

这是我熟悉的星，却又是我陌生的星。我们位于不同的星空下，观赏着同样的星星，每个人的心境又有所不同。

我儿时的梦想没有实现，而长大后的梦想也只能实现一半。

不知有多少人像我一样蹉跎在城市里，他们怀着和我一样的梦想，也只能像我一样看着自己的梦渐行渐远。

我仰望星空，星星像是人们一眨一眨的眼睛。这星是如此的明亮闪耀，可是它们的光芒却照不亮我们前行的路。

　　久别回乡，伙伴们给了我最高的礼遇。他们和以前都不一样了，唯一相同的是他们在眉弯之下看我的眼睛。

　　这眼睛一眨一眨的，和天空中的星星一样，是那么明亮，明亮到能承载他们的梦。

　　天空中的星不可计数，它们或明或暗，或隐或现。

　　老人说："天空中的每一颗星星，都对应着地上的每一个人。"

　　我想，星星对应的不是人，而是人们的梦。每一个人的梦想都像天空中的星星，或明或暗，或隐或现。他们沿着自己的轨迹运行，时刻改变，却从未改变。

　　夜晚，我将手伸向天空，妄图摘下最明亮的那颗星星。可是，星星还在那里，不曾离去，也不曾改变。

　　摘下一颗星星，我以为这只是我最初的梦想，原来它也是我一生的梦想。

渲染每一个晨昏的蝉鸣

作者：张建湘

　　蝉是个奇异的生灵，它总是在夏天突然冒出来，"吱"的一声就出现在树梢上。当然，也会在树干上、土墙头，甚至池塘中的荷叶上。它们大声嘶鸣着，这天高地阔的夏天仿佛全在它们的掌控之中。于是，将那此起彼伏的鸣叫声延伸到了白云隐约的天边，到了远山之巅，到了河流的对岸，将每一个晨昏尽情渲染。

　　那时候，乡下老家的屋子是矮土墙，小青瓦，屋前木条与竹子搭的瓜架，上面爬满各种瓜藤，层层叠叠的绿叶间吊着些南瓜、丝瓜、黄瓜、苦瓜，一派果实累累的景象。那些日子里，我总是大清早就坐在门槛上，长时间望着门前的瓜架出神，心里真的是在想对面远方的山林里，有没有神仙。大朵大朵的南瓜花，金灿灿的，在晨光中有种艳绝人寰的异态。而蝉声，总是在这个时候响起。瓜架上的藤蔓间，潜伏着很多蝉，它们各自高声嘶叫着。而且，这清晨的蝉鸣声，似乎得了露水的滋润，声音更加高亢嘹亮。我想，如果叫声是它们彼此交流的语言，那它们的交流肯定很糟糕，因为它们只顾各自表达，不会倾听。有时，我会恶作剧般地突然往瓜架中间丢根棍子，或者丢颗石头。蝉们受了惊，猝然停止嘶叫。瞬间变得悄无声息的瓜架，氤氲着入定般的寂静。

门前的瓜架间潜伏着很多蝉，而屋后的那片天地里，蝉就更多了。屋后是菜园子连接着一片小树林，小树林又延伸到略远处的河堤。河堤上的树林更是蝉的世界了。有时，我会与小伙伴们越过屋后菜园，顺着小树林一直走上河堤。男孩子们用一根篾片或一段铁丝弯成一个圆圈，下面接在一根棍子上，再举着棍子在屋子里的各个角落里找蜘蛛网，让圆圈变成一张圆圆的蜘蛛网，然后举着这张蜘蛛网去河堤上的小树林里捕蝉。无论蝉多敏捷，一旦遇上这种"蜘蛛侠"，便难逃罗网。男孩子们将捕捉的蝉，用一根细线捆住翅膀，将若干只蝉连成一长串，然后往空中一抛。那一长串蝉便在低空里扑腾，一片混乱。嘶鸣声没有了，变成了惊惶失措的拍打声。如果让村里那位来河堤上寻找蝉衣的老中医看见了，总会将那些搞恶作剧的男孩子们一顿臭骂。那位瘦高个子老人会一跺脚说："我要是把你们的手脚也捆上一只，也这么连成一串，你们怎么过日子？！"只要遇上这位老人，男孩子们便会一哄而散，害怕老人将他们的手脚捆起来，像蝉一样连成一串。瘦高个子老人拾起仍在地上扑腾挣扎的一串蝉，小心地将缠住蝉翼的细线解开，将它们放飞。他边摇头，边叹气说："唉，人之初，性本善啊，这些小东西！"孩子们的恶作剧，让老人对人的天性产生了怀疑。我不用害怕老人捆绑手脚，因为我不搞这种恶作剧。我还常常帮老人在小树林里拾蝉衣。

瘦高个子老人说，蝉衣是药，能治病的。有一次，我在帮老人找蝉衣的时候问他："蝉为什么要脱壳？"

老人说："这蝉的一生很不易啊。它们在变成蝉之前，是一只只会爬的虫子，要在土中生活很长一段时间，然后才能从地下钻出来。钻出来后，就爬到树上抓紧树皮，拼命脱掉这层外壳，然后才能变成这有翅膀能飞的蝉。"

我问:"那它们脱壳很痛吗?"

"当然痛啊!让你把这层皮一下子全部剥掉,你说会痛不?!"老人边说边做了个剥皮的动作。

我打了个冷战。于是,在童年的一个夏天,我知道了一个秘密:这统领整个夏天的、飞起来快得像闪电、叫声能将空气震得发抖的蝉,是从泥土里钻出来的虫子变的,而且还得九死一生地剥掉一层外壳。

得知这个秘密的晚上,我躺在床上,用被子蒙住头,让自己处于一片黑暗中,想象自己是一只想要变成蝉的虫子,此刻正处于黑暗的泥土之下:我什么也看不见,不能呼吸,惶恐,压抑,茫然,不知该怎样才能钻出泥土,才能在空气中自由呼吸。好吧,那我假设已经从泥土里钻了出来,现在应该是爬到了树上,我得拼命剥掉身上这层外壳。可是,我被剥离外壳的假想痛得心惊肉跳!不行,我终究没有蝉的力量与勇气。泥土中的黑暗与剥离外壳的疼痛,我全都无法承受。所以,在那个夏天,我终究没能变成一只能高声嘶鸣、疾速飞行的蝉。

夏天的季节总是显得特别长,能开花的植物也特别多。清晨或者黄昏,雨后或是初晴,云飘向东,或者飘向西,都没关系。蝉儿们在每一个角落活跃着,用它们金属般脆亮的鸣叫声,渲染每一个夏日的晨昏。我觉得自己就是一只蛰伏于草丛的小虫子,正安静地欣赏这一个又一个属于蝉的长长的夏季。

时间的秘密

作者：马浩

时间真的很奇妙，它能点石成金，化平凡为神奇，给人以沧桑感、厚重感，简直是不可思议。

很早以前，听过一则故事。当时很不解，就把它当作一个笑话。故事不长，不妨说说。从前，一位家道中落的妇人去市场上卖祖传的一把宜兴紫砂小茶壶。这把茶壶亦不知经历了几辈人，壶里面的茶渍如厚厚的苍苔，壶握在手中，淡淡的茶香盈鼻。

有一位富商愿意出高价买它，但身上没有足够的现银，便与妇人相约，次日去她家交钱取货。话说妇人回家之后，喜出望外，看着脏兮兮的小茶壶，不知出于何种心理，她把那把壶里里外外仔仔细细地清洗了一遍，洗得纤尘不染。

次日，商人如约而至。妇人欣喜地拿出那把小茶壶说道："先生，茶壶让我给你清洗得干干净净，包您满意。"商人看着失去茶渍的小茶壶，失望地摇摇头。

那厚如苍苔的茶渍，积淀着如水岁月，小茶壶所以金贵。都说岁月无情，却不知岁月蕴有深意。砖头瓦片，建筑垃圾，那秦砖汉瓦呢？几千年之后，这些砖头瓦片的垃圾也会成为"秦砖汉瓦"。

家乡邳州，有一条闻名全国的"活化石路"——邳苍路，一条普普通通的两车道水泥路，充其量不过一条省道而已，江苏邳州通向山东苍山。可就是这条平凡无奇的省道，因邳州段近百里夹道的高大的水杉树，而名震四方。水杉，有植物活化石的美誉，水杉路故称"活化石路"。车在路面行驶，如穿越一条绿色的走廊，一线长天蜿蜒如流，恍兮惚兮，如入仙境，不知今夕何夕。其实，水杉并不是什么稀有树种，可树不会一夜之间长大成材，邳苍路夹道的"活化石"不过三十余年的光景。可这短短的三十年，却创造了一个全国之最。

我有一邻，曾家贫不堪。十多年前，乡里号召村民栽植银杏树。当时，银杏叶很值钱，一斤鲜银杏叶可抵四五斤小麦呢，银杏苗圃成了村人脱贫致富的一条途径。可他没钱，只好买几十棵半大的树秧子埋在地里，也算响应乡里的号召了。

谁知好景不长，银杏叶供大于求，不值钱了。人们都疏于管理，银杏苗圃树厚行密，竞相争光，直溜溜向上蹿，羸瘦无比，少姿没态。只有他上心，锄草、施肥、打药、修枝、旱浇涝排。时间一晃，十余年的光阴，不声不响地就过去了。他地里的银杏树已成林，粗壮高大，树姿如塔，亭亭如盖。这时，银杏树值钱了，他家的树每棵都值万元以上。人们好像突然发现了什么，开始重整苗圃，合理栽植。可是，时间过去了，心里只有羡慕的份儿了，岁月没有回头路。

记得曾学过一篇古文《卖油翁》。卖油翁有一手绝活儿，可通过铜钱的小孔注油，而钱孔不沾湿。有人问其窍门，翁言："无他，但手熟尔。"手熟其实就是时间累积的结果。世上，人人都会有所收获，但成功只属于少数人。无他，但守时尔，是谓守得云开见月明。

围炉煮酒

作者：刘鹏

为父亲围炉煮酒，是我生命中极为重要的温情片。印象里，父亲为人乐观、好客，因而家里常常有客人来。这时候，往往要煮整坛子的酒。我最爱这样的日子，不仅可以借机烤火取暖，还能吃到自己亲手制作的美味。

那时候的美味，绝不似现在这么丰富。趁父亲和客人闲聊，我翻出一副棉布手套，找来一块薄薄的带柄的钢板，并在钢板上平铺上一层米粒，将它们凑到火苗上烘烤。须臾之间，爆米花的香味盈满整个屋子。

爆米花的奇香也吸引了父亲，他"怂恿"我烤几根玉米或红薯。我立即起身溜进厨房，不久便怀抱着玉米和红薯，一并用铁丝捆起来，挂在炉膛内。不过，这样的活计对我而言颇具难度，火候让人难以捉摸。我经常在焦急中把它们烤焦，糟践了粮食。直到父亲的加入，情况才大为改善。

酒煮好后，母亲也恰好炒出了一碟椒盐花生米。父亲喷喷喝一口热乎乎的老酒，嚼几粒嘎嘣脆的花生，与来客谈谈工厂里的见闻、农作物的收成。有时候，他也会突袭我，一脸严肃地询问我的学习。如果考得不错，他会向客人夸耀几句。不幸考砸了，他会铁青着脸，命我拿过试卷。看到不尽如人意的分数，他大手一拍，酒杯碗筷一齐颤抖。我瑟瑟缩在母亲背后，唯恐天都会塌下来。

有一年，我们正筹划购置年货。不料，父亲工作了十来年的厂子突然倒闭。当别人都找厂长讨要工资时，老实巴交的父亲却窝在家里不肯出门。我的压岁钱没有了、守岁的烟花没有了、新衣新鞋没有了，甚至连丰盛的团圆饭也没有了……来访的朋友同情父亲的遭遇，谁都闭口不谈工作的事。失业像雷池，而我的莽撞、我的无知，驱使我走进了雷区。

正月的一天正午，阴沉沉的天空下起了鹅毛大雪。父亲百无聊赖地坐在条凳上，让我给他煮酒。我摇摇头，不屑地说："不高兴！都没工作了，还喝什么酒？"父亲一愣，惊惶地看着我，久久没能说出一句话。我的声音，被母亲听到。她一把拽住我的臂膀，将我拉出堂屋，自己却走到炉子前，默默煮酒。父亲看了看母亲，叹出一口气："算了，不喝了……借酒消愁愁更愁。儿子也没说错，现在能省的就省下吧，还要想方设法筹措他的学费。"说到此处，父亲捂住脸，任凭母亲如何劝解、宽慰，他都执意不肯再喝一口。

母亲走出堂屋，气愤地将我拽进厨房。我第一次听到父亲的故事。那一刻，我才懂得父亲的隐忍、烦闷与无助。

父亲本来有机会被保送中学，奶奶说了一句"你是家里的老大，你底下的弟弟妹妹都还小，光靠我和你爹是无法养活七八张嘴的"，父亲听后，默默转身，背起了半人高的篓筐。此后漫长的岁月里，在乡间的河畔田埂上，人们经常见到一个孱弱、瘦小的身影，弯着腰在蔓蔓草丛里打猪草、捡牛粪。

星星的眼睛

我从未想过看似乐天、无忧的父亲，竟然有着这么沧桑的往事。我明白了父亲对我深沉的期许。

　　我想一辈子给他围炉煮酒，哪怕他老得哪儿也去不了，我会学老莱子斑衣戏彩，让他苦难的心底，喷涌出幸福的滋味。

　　但这样的日子，竟在不经意间戛然而止。

　　前几年，老宅拆迁，我们搬进了新小区，家家户户过上了现代化的城镇生活。

　　笨重而且占空间的炭炉退出了生活舞台，但那段生活的烟火味却一直被我珍藏在记忆深处。

灰姑娘的梦想

作者：千季

她叫周蕙，蕙质兰心的周蕙。有的女生经常会开玩笑打趣她，说："周蕙姑娘？灰姑娘！"

周蕙一点也不生气，说："是啊，我是灰姑娘。"

灰姑娘也是有梦想的。她想做一名儿童文学作者。

"作家还是太夸大了，"她笑笑，"作者就好了。"

她常常哪里也不去，一个人窝在宿舍里敲打码字，思路阻塞时就盯着桌上的一盆小松树盆栽发呆。

我有时会给她带饭，她眉眼弯弯，笑得温柔又可爱。"谢谢！"

简直像是童话故事里的可爱女主角。

虽然她的人生一点也不像童话故事。

她母亲早逝，父亲常年在外。虽然没有恶毒后妈，但家里那些不省心的亲戚总想欺负她。

她躲进卧室里闭目塞听，拿起一本童话书，沉入到美丽神奇的世界里。

丑小鸭历经磨难，熬过冬天，成为白天鹅；艾丽莎对抗王后，救出了十一个哥哥；野兽获得真爱之吻，重获新生……

周蕙无数次沉溺在这样的梦里不愿苏醒，像划了最后一根火柴的小女孩。

她因此养成了爱看童话的习惯。

脑海中不再只有生活的苦闷，她的思绪跟着故事飞越千山万水。笔随心动，她终于起笔记录了下来。

偶然撞见她写作的同学暗地里嘲笑她幼稚，她咬着唇一言不发。

老师安慰她："写作并没有高低之分，诗歌、小说和童话都是平等的。你喜欢写童话，老师很开心，这代表你是个能给人带来温暖的人啊。"

她摸了摸周蕙的头："老师相信你，一定会成为一个好作者的。"

周蕙用力地点了点头。

她学习努力，亦笔耕不辍，写了许多许多故事。可写好了，又怕不被人喜欢。

正巧福利院需要志愿者，她主动报名去了，为孩子们讲了那些故事。

孩子们正是爱玩爱闹的年纪，没什么心思安静下来听。只有一两个偏爱童话故事的小孩子乖乖地坐在她面前听完了。

虽然反响平平，但她没有气馁。在课余时间她努力充实自己，让自己写的故事更有趣、更好看。

半年后，她鼓起勇气向一家儿童杂志社投出了自己的第一篇童话故事。她想让更多人看到自己的故事。

不久，回复的邮件到了，但并不是令人气馁的退稿函。

"您的文章虽然文笔稚嫩，情节也稍显平淡，但很有灵气。期待您的下次来稿。"

周蕙很开心。至少她得到了第一次专业意义上的指导与夸赞。她缓和了心绪，又提起了笔。

205

写作这条路很难走，她收到的退稿、改稿的信函多得能把她淹没。但她早就学会了在其中杀出一条路来，继续往前走。

而她的父亲对她不全心全意学习的行为产生了质疑。他一直以为女儿是个独立自主、不需要自己费心的孩子，却在高三这个至关重要的时刻出了问题。周蕙同他据理力争，父女俩就"要不要写下去"这件事产生了她出生以来最大的一次争执。

她瞪着眼睛，泪水止不住地流。那么多次挫折与难过都没能让她流一滴眼泪，却被父亲的一句"别搞这些没用的东西"伤透了心。周蕙感觉自己无力抗争下去了。她埋头低声哭泣的时候，面前的电脑响起了提示音。这一个声音将她拯救了，她打开邮箱——

"您的文章已通过终审，将在 2017 年 8 月上刊中刊载……"

她泪流满面。

父亲的一句话把她打入地狱，过稿的一句话又把她拉回人间。

两个星期后，带着杂志社寄来的样刊，她再次坐在了父亲对面。

周蕙言语坚定："我有自己的梦想，我要自己的未来！"

高考前夕，周蕙终于迎来了第一封过稿函。微薄的稿费和那本儿童杂志成了她高考乃至以后最坚强的支柱。她抱紧它们，勇敢地走了下去。

而到现在，她已经在熟悉的几本杂志上有自己的专属席位了。好几家记者来采访过她，学校更是因为这个为她颁发了特殊奖学金。

灰姑娘不需要王子，也可以自己拥有幸福的生活。她穿上水晶鞋，欣然前往了属于自己的美好未来。她永远是自己的女主角。

我在报纸上看到她的时候，觉得这个标题也实在是很适合她了——

"年少的童话作家，动人心弦的温暖力量"。

采访的配图上，她穿着便服，朝着镜头温柔地笑了。

灯花

作者：马浩

油灯能开花？

能。

灯花生长的土地是一只小小的墨水瓶，煤油或柴油是它的养料。

父亲不知从何处寻来了墨水瓶，又在老屋找出一枚铜钱。铜钱的方孔恰好可穿插一截小铁筒，一条棉线条束身从那个小铁筒钻过，便成了灯芯。小小的油灯就这么诞生了。黑夜里，窗口就有了打探外边世界的眼睛。

乡村的寒夜漫长，迟迟不肯与冷被窝为伍的我，就坐在灯下，看着奶奶做针线活儿，听奶奶讲故事。夜渐渐深了，寂静，小桌前，一灯如豆，晕黄的灯光，把奶奶的故事映得扑朔迷离，如梦如幻。灯火似乎也眨着好奇的眼睛看着奶奶，和我一样沉浸在故事里。

此时，惊喜的一幕出现了。橘黄色的灯焰里，绽开了一朵深红的花。不过，灯花开放时，光焰会悄悄地变暗。我惊奇地叫着："奶奶，灯花！"奶奶微笑着抬起头来，慢条斯理地用她手中的钢针，在灯焰上挑一挑，灯花就凋落了，眼前忽地一下亮了，它在孕育着下一朵花呢。

"灯怎么会开花呢？"我好奇地问奶奶。

"灯捻子烧焦了。"奶奶漫不经心地回答。

不知因何，我总觉得奶奶的回答不对。

读书的时候，晚自习要自带油灯。我的同桌有一盏罩灯，玻璃制品，灯身窈窕，玲珑剔透，蛮腰纤细，葫芦状的灯罩很明亮，一如我同桌的曼妙妩媚。她的那盏罩灯往课桌上一放，我的那只墨水瓶油灯就"下岗"了。

我们虽坐同一条凳子，使用同一张课桌，交往却甚少。尤其是白天，简直就没怎么说过话，各有各的小圈子，常常是井水不犯河水，泾渭分明。比如课间活动，她们踢她们的毽子，我们玩我们的捣拐，最多也不过是"群起而互攻"。晚自习时，情景就不同了。她兰花般的手指轻轻一拧罩灯的开关，灯芯便吐了出来。取下灯罩，擦燃火柴，一切都那么娴熟。光晕照着她姣好的面庞，她把罩灯往课桌中间一放，顾自学习了。有时，她见我这边灯光有些暗，便会轻轻地把罩灯向我这边推一推。

时间在笔尖下流逝，灯芯便渐渐地结出了灯花。灯花一开，就会冒出一缕缕黑烟。如此，她就会取下玻璃灯罩。此时，我便会用钢笔帽挑落灯花，那么自然，那么默契。

奶奶说："灯花是烧焦的灯捻子。"而今想来，没错。不过，在我看来，灯花更是灯芯所吐出的蕾。为了驱赶黑夜，它撒落一片片光明的花瓣，照亮了我飘落的昨日，温暖着我的记忆。